地上：大陆。重庆。

在潜入敌人内部多年、即将回到组织怀抱之时，情报人员“蜂王”被捕。毛人凤放虎归山，设下圈套。被掐住脖子的“蜂王”喘不过气来……

地下：小岛。台湾。

由中央发展的内线“母后”移战小岛，继续潜伏，与敌斗争。保密局内，一双眼睛在密切关注“母后”的一举一动……

谍影重重，步步惊心。

大陆小岛

地上 地下之

石钟山——著

中国青年出版社

目 录

001 生死攸关

他看见角落里有一张蜘蛛网，一只小蜘蛛在网上挣扎着。

007 峰回路转

昨天的一切真像一场梦，仿佛什么也没发生过。

013 离别

保重，我的爱人；保重，我的孩子——

020 任务

他听着毛人凤的宣读，一时不知自己在哪儿。

026 解放

马友谊张开怀抱拥紧他的时候，他感到既安全又踏实。

031 军管会

解放大军接管了西南重镇——重庆，随即成立了军事管理委员会。

037 暗杀

已经晚了，枪声让人群骚乱。

044 自杀未遂

回忆的伤痛在她心底弥漫着。

055 地上

他打开门，整个楼道里安安静静的一个人也没有。

061 水事件

他就是潜伏在你们中间的特务。

068 汪兰 郑桐

单调冷清的保密局工作,因为汪兰的到来,给郑桐带来了一抹曙光。

080 空降组落马

这五个人组成的空降组是肩负着特殊使命来到重庆的。

086 软攻

秦天亮看着这张字条,身子软软地靠在沙发上。

092 执行

他不知道自己朝什么地方奔跑着,拼命地奔跑着。

098 风生水起

一时间整个保密局风声鹤唳,人人自危。

108 老鹰行动

今天有老鹰行动,明天说不准还会有什么乌鸦行动。

115 眷村

从上岛那一天,她们就把自己当成了寡妇。

120 潜伏与爱情

他仿佛是一块铁,她就是磁石了。

128 重庆一号

不成功便成仁,这是我们的命。

138 考验

一念之差,让他在这条道上越走越远。

144 彼岸

她迫切地要找到组织,可是组织又在哪里呢?

150 天下姻缘

如果你不来台湾,也许我现在会疯掉的。

163 迷途

马部长拿着这份名单的手在抖。

169 落网

我死是一种解脱,你活着也是一种解脱。

175 汪兰

正常的生活是对自己最大的保护。

181 反戈

他在做这一切时,王百荷一直吃惊地望着他。

188 在路上

你为什么还要娶我?

生死攸关

1949年秋，陪都重庆，沙坪坝军用机场。一架又一架飞机，起起落落，国民党高级将领、达官贵人纷纷拥向机场，他们要乘上飞机，逃往台湾。

晴朗的天空是他们逃命的通道，解放军解放大西南的百万大军已经逼近成都和重庆，隐约间已能听见炮声了，夹杂着百万大军的吼杀和马嘶之声。

保密局重庆站情报科长秦天亮被捕了，理由是他在重庆、成都解放前夕，把重庆和成都的军事布防图，通过地下交通站，送到了解放军前线指挥所。

解放前夕的陪都重庆很乱，但保密局的工作仍有条不紊严密有序地进行着。秦天亮的工作百密一疏，也许是他在重庆解放前夕放松了自己的警惕，也许是保密局的人早就注意到了他。他把重庆和成都的军事布防图交给妻子梁晴。梁晴的身份是地下交通员，他们还有一个孩子叫秦小天，刚满两周岁。

送情报那天，梁晴抱着两岁的小天，和往常一样走进了我方交通站，站长老邱的身份是杂货店的老板。

老邱一见到梁晴就笑着说：是买火呀还是买烟？

老邱笑得很灿烂，露出一口白白的牙齿。他是发自内心地高兴，国民党溃败了，解放军就要解放陪都重庆了，他们早就盼望这一天的到来了。他们没有理由不高兴。

梁晴也是笑着的，她把孩子从右手挪到左手，仍那么紧紧地抱着儿子小天。她笑着说：今天只买火。

老邱低下头，从柜台里拿出一包火柴放到柜台上，梁晴把一些零钱递给老邱。解放前的重庆，物价飞涨，一天一个价，好大一沓钞票也买不了什么东西。梁晴塞给老邱的是一沓钱，钱里面就夹着那张微缩的城防图。老邱把钱接过来了，狠狠地攥在手里。梁晴又给小天买了几颗水果糖，然后笑着离开了老邱那间杂货店。

梁晴刚一离开，老邱闪身走进了后屋。小三已经等在屋里了，他接过老邱递给他的东西，翻窗就跳到了外面，然后他转了一个胡同，又上了一次房顶，踩着房瓦，绕进了另外一条胡同，这才跳到地面上，融进了纷乱的人群中。那些日子，大街上很乱，有的百姓在往城外逃，有的在拥向城里，老百姓这种漫无目的的折腾，使陪都重庆越发乱了。

老邱送走小三，刚站到杂货店门口，便被两个便衣逮捕了。

梁晴是在回去的路上被请上一辆吉普车的，然后又被秘密地关进了一间黑屋子。直到那一刻，梁晴才意识到，自己被捕了。她马上想到秦天亮。此时的秦天亮，正在上班。

秦天亮是被重庆站行政主任江水舟带人带离办公室的，他的枪被下了，领章帽徽也被扯了下来，然后被蒙上了眼睛。在这一过程中，秦天亮一句话也没有说，听凭着江水舟一干人等的摆布。他首先想到的是夫人梁晴，还有那份情报，他不知道那份情报送没送出去。他心里有些乱，但动作仍那么沉稳。潜进敌人内部这么多年，最好的和最坏的结果他都想到了，可他就没有想到重庆解放前夕，他被捕了。这些天来，他无数次幻想过重庆解放后的情景，他重又投入组织的怀抱，解放区的天是晴朗的，人民兴高采烈的样子，他和梁晴以及他们的儿子小天，可以自由顺畅地呼吸解放后重庆的空气了，从此以后，再也不用过这种伪装的生活了，那时候，他可以堂堂正正地生活。

在幻想还没有实现之时，他被捕了。最光荣的结果就是成为烈士。想到这,他咧嘴笑了笑。

江水舟就说:秦天亮你笑什么?

秦天亮看了眼江水舟没有说话。

江水舟挥了一下手,有两名士兵就把他的眼睛蒙上了,然后他被推推搡搡地带离了办公室。

秦天亮见到副站长老都时,老都正在一个类似于仓库的地下室里忙碌着。站长已先行飞往台湾了,副站长老都在站最后一班岗,他在仓库里正在指挥人分拣文件,有用的带上,没用的就地销毁,他就是在地下室里指挥人马完成这次对秦天亮的抓捕的。

秦天亮被带到副站长老都面前时,才被人取下头套,秦天亮眨了几次眼睛,才看清眼前的老都。老都身为少将副站长,平日里就很威严,此时的老都正威严地望着秦天亮。

副站长老都背着手认真地又看了眼秦天亮,踱了几步,才说:秦天亮,你是地下党,这一点我没有想到,你骗了我们快四年。

秦天亮之所以打进敌人的内部,还得从头说起。那时秦天亮是长沙一名地下党员,他的任务就是负责学生运动。梁晴当时是长沙女子师范学院一名学生,闹学潮、撒传单宣传抗日等活动,都可以看到她年轻的充满激情的身影。秦天亮自然和梁晴熟悉起来,一起组织学潮、宣传抗日等活动。梁晴毕业前夕,在秦天亮的介绍下加入了地下党。

梁晴的身份有些特殊,她的姑父在南京军统供职,是戴笠身边的红人,兼任副主任秘书,也是湖南人,地位仅次于主任秘书毛人凤。地下组织根据梁晴的特殊身份和关系作出决定,准备让秦天亮和梁晴打入敌人内部。这时是日本人投降前夕,国内外形势瞬息万变。梁晴以毕业找工作为名,带着秦天亮去了南京。秦天亮和梁晴的身份是恋人,他们的确也在相恋,地下工作让这对青年男女产生了爱情,又是爱情更好地掩护了他们的身份。

梁晴的姑父并没有费太大的力气便为秦天亮安排了一份差事，就是在军统局内部安排秦天亮为文案秘书,职务是中尉。秦天亮于是就干一些抄抄写写的工作,虽然在军统局工作,其实就是一般工作人员,接触不到核心机密。他把这一结果报告给了地下组织,组织让他继续潜伏,以观未来的变化。

不久,日本人投降了。但秦天亮在军统局仍干些抄抄写写的工作,他命运的变化还是缘于梁晴的姑父。那时内战已经全面爆发,梁晴的姑父随军统局长戴笠在 1946 年 3 月一次执行公务中,飞机坠毁,一同遇难。

随后时任主任秘书的毛人凤接任了戴笠局长一职，军统局的名称改为了保密局,职权比以前的军统局大大缩减了。

梁晴的姑父死后,只剩下了姑姑一人,她把自己的指望放到了秦天亮和梁晴身上。于是她找到了毛人凤哭诉自己的难处,让毛人凤为秦天亮谋一份更好的差事。

姑父是毛人凤的同事,虽然级别不如毛人凤,都是同僚,平日里低头不见抬头见的,人已为党国殉难,家里的一些难处让毛人凤动了恻隐之心。于是毛人凤大笔一挥，破格提拔秦天亮为少校副科长，派往重庆保密局工作站。秦天亮和梁晴真正打入敌人内部应该说是毛人凤一手创造的。在离开南京前夕,经组织批准,秦天亮和梁晴结婚了。

秦天亮因为有毛人凤这一层关系,到了重庆工作站之后,很快得到了重用,先是情报科副科长,最后成为科长。级衔也由原来的少校变成了中校。

重庆方面的情报屡屡遭窃,站长副站长怀疑过很多人,也曾清查过内部,有人被枪决,有人入狱,但谁也没怀疑过秦天亮,这一切都是缘于梁晴姑父和毛人凤这层关系。在重庆工作这三年中,秦天亮和梁晴可以说是如鱼得水。

重庆站在几经失败之后,即将撤离前夕,撒下了一张大网,他们知道这时候的地下党活动肯定会愈加激烈,这也容易露出尾巴。

副站长老都亲自指挥这场收网的工作，每一件机密工作，他都派专人负责，他并不信任任何人，又暗中派出另外的人专门盯着这些人。做到了在你中有我、我中有你的连环套之中，如果两个人不联手的话，休想逃过他的眼睛。安排完这一切之后，他就躲到地下室里静候佳音了。

结果就是这一次秦天亮露出了马脚，当他被带到老都面前时，老都如释重负地吁了一口长气。

此时，他平静地冲老都说：你们既然把我抓住了，任杀任剐由你们。

秦天亮说完这句话时，便把头别了过去。

副站长老都说：秦天亮，我做梦也没想到你竟然是地下党。

秦天亮不想多说什么，他抬起头望着天棚。他看见角落里有一张蜘蛛网，一只小蜘蛛在网上挣扎着。

老都又说：我们是溃退了，重庆的天下马上就是你们的了，可惜你看不到这一天了。

秦天亮突然说：梁晴和孩子在哪里？

老都笑了笑：他们自然在我手里。

秦天亮盯着他问道：你们想把他们怎么样？这事是我自己干的，和他们没有关系，求你放过他们。

老都坐在沙发上，点了支烟，透过烟雾他望着秦天亮说：我以为共产党人什么都不怕，赤条条来赤条条去，原来你也有担心和害怕的呀。

秦天亮望着老都：看在她姑父的分上，你们放了梁晴和孩子吧。

老都笑了：秦天亮，你夫人可是和你同伙，她是你的交通员。是她亲手把你的机密文件传到你们的交通站的。现在你传出去的机密可能已经落到游击队手里了。我估计不出两天就会落到你们大部队高层手里，这回你满意了吧。

秦天亮一直担心那份情报是否成功送了出去，听老都这么说，他烦躁的心一下子平静了下来，他吁了口气，闭上了眼睛。

老都突然哈哈大笑起来，秦天亮睁开眼睛，不解地望着老都。

老都又说：你以为我就那么傻么？大敌当前，我谁也不相信，你送走的那份情报是假的，要不然我也不会让你们的交通员溜掉，让他送一份假情报，也算为我们作贡献了。

秦天亮顿时傻了，他摇晃了一下，差点摔倒。

老都咬着牙说：毛局长已经说了，重庆就是落到共产党的手里也要让他们付出高昂的代价。

秦天亮怅然地坐在一把椅子上，他抱着头深深地为自己送出的假情报而感到担心了。

老都则站起来，挥了一下手，两名士兵过来架起了秦天亮。

秦天亮站了起来。

江水舟走过来问老都：站长，什么时候解决？

老都略思片刻道：既然他是毛局长的人，等我请示过局长再做处决。

江水舟应了声：是！

老都一挥手，秦天亮就被带了下去。

峰回路转

秦天亮被蒙住头，七扭八绕地被带到一间黑屋子里。在重庆站工作三年了，对这里的地形地势早就烂熟于心，但头被蒙上了，刚开始他还能分清东南西北，走了几圈之后，他自己也迷糊了。既然被抓到了，他已经做好了最坏的打算，在打入敌人内部那一天，组织上曾经找他谈过话，他举着拳头，在党旗面前宣过誓：愿为共产主义事业贡献出自己的一切。这里的一切，当然包括生命。想到这些，他有种热血沸腾的感觉，但他很快还是想到了梁晴和儿子小天，他们怎么样了？既然自己被捕了，他们会安全么？他开始有了一种隐隐的担心。

带着他的人，突然停了下来，有人在开锁，一道门被打开了，又进了一道门，他被推了进去，身后是两道门落锁的声音。

秦天亮站在那里，茫然得一时不知自己在哪。他停顿了片刻，伸出手把头上的布扯下去，眼前是一片昏暗。突然，他听到一声：爸爸——他循着声音望过去，看到了梁晴和小天，靠里位置有一张床，梁晴抱着孩子紧张地坐在床上。他看到了梁晴和孩子，起初那一瞬，他错愕地站在那里，揉了揉眼睛，以为自己在梦里。儿子小天又叫了一声：爸爸——

他奔过去，一把抱住孩子，问了一句：你们怎么在这里？

梁晴说：我们被捕了，地下交通站被他们发现了——

他抱着小天，一家三口人突然而至的相见，让他们有种恍若隔世之感。小天紧紧地搂住秦天亮的脖子，哭着说：爸爸，我害怕，我要回家。

秦天亮紧紧搂住孩子，似乎这样是对儿子的最好保护，他安慰着儿子说：小天，别怕，一会爸爸就带你回家。

说完这话，秦天亮看着梁晴说：我们上当了，传出去的情报是假的，他们还有A计划，那才是真的。

梁晴一下子站了起来，在阴暗中望着秦天亮，半晌才说：那我们该怎么办？假情报已经送出去了。

秦天亮无奈地坐在床上，呆呆地望着屋内的某个角落，低声道：我们被捕了，看样子出不去了，我们成了人民的罪人。

两人不再说话了，小天躺在他怀里抽抽搭搭地睡着了。

半晌又是半晌之后，梁晴梦呓般地说：下一步我们该怎么办？

这么多年了，秦天亮在她心里既是领导又是丈夫，所有的主意和主张都是秦天亮来定，他们已经习惯了这种模式，可他们被捕了，在重庆解放前夕。

秦天亮慢慢伸出手，拉住了梁晴的一只手，两只手就那么用力地握在一起，四目相视，秦天亮小声地说：咱们怕是出不去了，老都不会放过我们的，毛人凤也不会放过我们的。

最后两人的目光落到了孩子小天的身上，不谙世故的孩子，在梦中仍然抽泣着。

梁晴突然说：我要见一下毛人凤。

秦天亮抬起头不解地望着梁晴。

梁晴镇定地说：我求他一件事，让他看在我姑父的面子上，把孩子放了。

秦天亮想说什么，又什么也没说出来，他轻轻地把梁晴搂在怀里，他拥抱着妻子，生离死别的情境，一漾一漾地在他身体的每个角落传播着。

他轻轻地问怀里的梁晴：你怕死么？

梁晴摇了摇头。

他微笑着，耳畔似乎响起他当初对着党旗宣誓的声音：我愿为共产主义事业献出自己的一切。

他发现梁晴眼里流下了泪水,他伸出手把梁晴的泪水拭去了。

副站长老都走进毛人凤办公室时,昔日保密局最高指挥部的威严已经荡然无存了。到处都是纸张、散乱的文件,那两部电话似乎也沉默了,静默在一片灰尘之中。

毛人凤正在看一份文件,看后他把文件在一支燃着的蜡烛上点燃了,一直看着那份文件在手里燃尽。

老都就那么站在那里,静静地等着。直到毛人凤在椅子上直起腰来,把目光定在他的脸上,他才上前一步道:局座,秦天亮果然是共产党的人,他送了一份情报,他们一家三口已经被我关了起来。

毛人凤听了这话,目光只是跳了跳,他没显得吃惊,也没有更多的镇定,还是刚才那副表情望着老都。

副站长老都又说:秦天亮是那边的人。

毛人凤伸出手在掐自己的太阳穴,他似乎很头疼的样子,然后又把手落下来,一下下敲着桌子。

老都说:局座,秦天亮的事您来裁定。

半晌,毛人凤说:你说呢?

老都说:按规矩——

老都说完做了一个抹脖子的动作。

毛人凤没有说话站了起来,背着手看着墙上的重庆市地图。他伸出手抚摸着地图,似乎在抚摸着重庆的山山水水。

毛人凤头也不回地说:重庆是个好地方,可惜是咱们最后一站了。

老都被毛人凤这句没头没脑的话说得怔在那里,这句话他接也不是,不应也不是,就那么六神无主地望着毛人凤的背影。

半晌，毛人凤转过身来，冲老都说：党国的大业，都是被你们这些没有头脑的人搞砸的。

老都低下头，他身子颤了一下，大声地说：请局座多栽培，学生无能。

毛人凤又坐了下来，依旧用手敲着桌面，微皱着眉头，突然抬起头道：秦天亮的事有多少人知道？

老都忙说：事发得突然，我安排江水舟一直在盯着秦天亮。到目前为止，只有我和江水舟，以及手下几个人知道。

毛人凤站起来，厉声道：马上把人放了。

老都不解地望着毛人凤。

毛人凤用手指着老都说：你怎么不动动脑子，秦天亮这个人以后对我们有大用处。

副站长老都一副云里雾里的样子，但仍坚定地答道：是！

毛人凤又说：封锁消息，马上让秦天亮一家三口回家，你和下面知道内情的人解释，完全是一场误会。

老都直到这时才似乎明白了什么，他毕竟干特工这么多年了，计谋是特工的天性。这时的老都两眼放着光，挺胸抬头地说：局座，学生明白，一定把这事办好！

说完就走了出去。

老都从毛人凤办公室出来，他让人叫上江水舟，一路来到关押秦天亮的地方，他亲手用钥匙打开门，灰暗中他看见冷静的秦天亮拥着梁晴一动不动地坐在床上。

老都一边笑着，一边走进来，接着捉住秦天亮的手摇晃着道：天亮老弟，误会，一切都是误会，在这里待着干什么，快回家吧。

突如其来的变化让秦天亮和梁晴一时间也没反应过来。

江水舟顺水推舟地推着秦天亮道：秦科长还愣着干什么？一切都是误

会，回家吧。

两个人热络地把秦天亮一家三口人推出关押室，外面一辆车早就安排好了，他们上了车，果然一路向家属院驶去。

秦天亮和梁晴回到家，已经是深夜了，家还是刚出门的样子。仿佛白天的一切，只是他们做过的一场梦。梦醒了，一切都是原来的样子。两个人看着床上熟睡的儿子小天，半晌，梁晴才说：他们在耍什么圈套？

秦天亮一路上一直在想着这事，对眼前急转直下的形势，他也是始料未及，刚被捕的一瞬间，他就做好了牺牲的准备，他有些后悔没有及时地把梁晴和孩子转移走，如果那样的话，他一个人面对着眼前的危险，他会一身轻松。

这时，他机敏地把灯光灭掉，拉开窗帘向外面望过去，街角暗影里，有两个黑影一闪而过。接着，他把窗帘合上，对梁晴说：外面有暗哨，他们并没放过我们。

梁晴又说：那他们为什么又把我们放回来？

秦天亮摇摇头，他扶着梁晴的肩膀道：不管他们耍什么花样。重庆马上就解放了，我想办法和川东游击队联系上，先把你和孩子送出去。

梁晴：我们会出去么？

秦天亮坚定地说：川东游击队会有办法的。

梁晴贴过来，抱住秦天亮的腰说：天亮，这时我不能离开你，我要和你在一起，别忘了，我是你的同志。

秦天亮看着梁晴一字一顿地说：你出去不是为了自己，是为了情报，一定要把那份假情报告诉前指的首长。

梁晴点了点头。

秦天亮第二天还像往常一样去保密局上班，所有的人都和往常一样，一路上和他打着招呼，匆匆地走进保密局。

秦天亮到了自己的办公室还没有坐定，江水舟就过来通知他：天亮，马上去会议室开会。

昨天的一切真像一场梦，仿佛什么也没发生过。

秦天亮拍了拍脑袋，应了一声：我马上过去。

会议室里人们都坐好了，秦天亮找了一个地方坐下来。

都副站长用目光扫了众人一眼，语气沉重地说：眼前的局势大家都清楚了，西南保不住了，重庆也危在旦夕，我们的后路就是台湾，奉局座之命，我宣布第一批撤退名单。

这批撤退名单中没有秦天亮的名字，主要是一些家眷和女人。第一批带队的是保密室主任郑桐，还有电报组组长汪兰。只有这两名军人，剩下的都是家属了，自然也包括梁晴和儿子小天。

秦天亮脑子里快速计算着时间，只要他和川东游击队联系上，立马就把梁晴和孩子送走。

这时老都站了起来，威严地扫了大伙一眼道：郑桐、汪兰，你们可以去准备了，剩下的人都不要动，就在这里待着，你们的家属由我们专人接送。

众人惊愕地望着都副站长。

老都又说：我们会让你们见上一面的，等他们上了飞机，我们集体为家属送行。

秦天亮怔在那里，他欠了下身子，老都立马把目光投了过来道：天亮，你放心，你的夫人和孩子会有人照顾好的。

老都又把目光投向大家道：希望同仁能理解，特殊时期，只能用特殊手段了。

所有人不管愿不愿意，只能静候在会议室里了。

离别

飞机起飞前，秦天亮见到了梁晴和儿子小天。

沙坪坝机场像集市一样混乱，奔跑的人群，散落的箱子，飞机的轰鸣声和人们的哭喊声混杂在一起，整个机场像一场灾难。

梁晴抱着儿子小天，倚在飞机的舱门口，风吹得她的头发有些乱。就在这时，重庆站的人来到了机场，他们在举手为家属们送行。

秦天亮站在人群中，一眼就看到了倚在舱门口的梁晴，他的心一下子就揪了起来。从梁晴在长沙女子师范学院上学开始，当时他在长沙搞地下工作，他们就在一起了；直到后来他又被组织安排进了南京的军统局，两个人从来没有分开过。革命的烽火铸就了他们的爱情，也奠定了他们相互的信任以及相濡以沫。他们的爱情就像是在走钢丝，随时和危险联系在一起，他们无数次想过生与死，但从来没想过会在这种情境下分别。

梁晴喊了一声：天亮——

他抬起了一只手冲梁晴挥舞着。

儿子小天在母亲的怀里喊着：爸爸，我要爸爸，爸爸和我们一起走——

他听着儿子的呼喊，眼睛一下子湿润了，一股热热的东西哽在喉头。

梁晴也冲他挥了一下手，那手就停在半空不动了。这对革命的侣人知道此刻的分离意味着什么。

周围的人也在大声地和家眷们告着别，他们的情境又是另外一种样子了。重庆即将落到共产党的手中，他们的家眷被安全地送到台湾，他们就一身轻松了,说不定什么时候,一个命令下来,他们也会乘上飞机到台湾去寻找他们的亲人,于是这种告别便充满了轻松的味道。有的人还如释重负地叹了口气道:站长英明,我们一身轻松了,可以和共产党决一死战了。

副站长老都的家眷也在这架飞机上,他站在人群后,没有挥手也没有叫喊,他甚至都没有用目光在飞机上寻找老婆和孩子的身影,他点了支烟,目光透过烟雾看着这些送行的人们,他的目光冷静中透着严峻。他看到了秦天亮,也看到了飞机舱门口的梁晴,他的嘴角露出不易察觉的微笑,直到这时他才感受到毛局长这一步棋的高明之处。

老都当时并没有想到这一招棋,他抓到秦天亮一家三口时,脑子里只有一个念头,那就是快速处决。他不能再忍受身边隐藏着这种人;这么长时间了,有多少秘密情报就是这样被共产党偷走了,然后让他们的部队节节败退。身为保密局工作的党国军人,这是一种耻辱,也是一种罪过。他要用血洗来减轻他心灵的失败感。然而局长毛人凤却技高一筹,杀死一个秦天亮有什么用?他们要把秦天亮变成一颗钉子,埋在共产党的内部,让它发烂,最后直刺共产党的心脏部位。他想到这里时,目光中露出一丝欣喜,嘴角不由抽动着。

梁晴一直站在舱门口,她用目光和秦天亮做着无声的交流,她用目光说:天亮,保重。

秦天亮的目光说:保重,我的爱人;保重,我的孩子——

那一瞬间,世界仿佛凝固了,他们亘古洪天地用目光交流着,一瞬便成了永恒。飞机启动了,向前滑行了一下。

保密室主任郑桐和电报组组长汪兰把梁晴和孩子扶进了舱内。

秦天亮冲即将关闭的舱门大叫了一声:梁晴——

汪兰停了一下,她回了一下头,目光一下子捕捉到了秦天亮的目光。她大声地喊了一句:秦科长,嫂子你就放心吧,有我呢。

秦天亮双手合十，冲汪兰拱了拱手，他也大声地喊：汪组长拜托了。

舱门就在这一瞬间关上了，秦天亮的身边似乎还回响着儿子小天的喊声：爸爸——爸爸，我要爸爸——

飞机在跑道上滑行着，最后越滑越快，终于飞上了天空。飞机低低地在机场上空盘绕了半圈，歪着身子向高空飞去，先是一片模糊的影子，而后变成了一个小黑点，最后完全融到了天空中，再也看不见了。

秦天亮的目光也融入了天空中，最后就化在那里，久久，久久……

副站长老都集合的声音连喊了三遍，秦天亮才回过头来。他看见江水舟的目光正冷冷地望着自己。江水舟阴阳怪气地说：秦科长，莫不是你的心也跟着飞走了？

秦天亮没说什么，他站在了队伍中。

副站长老都谁也没看，他的目光透过众人的头顶，不缓不急地说：弟兄们，党国为我们做了一切能做的，飞机这么紧张，我们还有好多物资，还有好多长官都没走，让出了宝贵的飞机，安排我们的家眷先撤到台湾，这一切是为了什么？

说到这，他的目光落下来，依次地在每个人脸上掠过。当他的目光和秦天亮的目光对视时，有意或无意地停了一下，他还似乎露出了一点微笑，然后又说：弟兄们，我们现在身后无忧了，为党国献身的时刻到了。大家都知道，重庆就要落到共产党手中了，我们能心甘情愿把这么大的礼物送给共产党么？我们还有重要任务，我们要用自己的热血和生命来捍卫我们的党国。

讲到这，老都就把一张脸严峻了起来，又严肃地扫了众人一遍，然后挥了一下手说：回站里，我们的战场在重庆。

老都讲完率先上了车，他的车开走了，众人才纷纷上车。

秦天亮头重脚轻地上了来时的车，和他同行的是江水舟。他从这个车门上去，江水舟已经打开了另外一扇车门，两个人几乎同时关上了车门，车就开走了。

秦天亮望着窗外，看着纷乱的机场，他恍然觉得自己在做一个梦，这个梦有头无尾，冗长无比。

江水舟拍了一下他的肩膀，他看了一眼江水舟。

江水舟问道：天亮，想什么呢？

秦天亮没说什么，只是笑了笑。

江水舟又问：老婆孩子去了台湾，有什么想法呀？

秦天亮没有说话，目光一直透过车窗望着前方。

江水舟抓过他一只手，就那么不松不紧地握着，似乎在安慰他。

江水舟就自言自语地说：秦科长，党国对咱们不薄，你我都是党国军人。

说到这，他咧嘴笑了笑，然后又说：咱们到了该为党国效力的时候了，以后你会比我有用，会有大用处的。

说完，用力地握了握秦天亮的手。

车一直行驶到重庆站，此时昔日威严的重庆站到处都是一派狼藉的景象，从院子里再到走廊，又到办公室，箱倒纸舞，有些人在院子里焚烧文件，纸烟在空气中飘荡着。

秦天亮回到办公室，望着空空如也的文件柜，还有掏空的抽屉，他的心也空了，无着无落无依无靠的感觉。他颓然地坐在那里。下一步又将如何呢？传出去的错误情报还没有更正，应该立马启动第二方案和川东游击队联系上。交通站已经被破坏了，他只能亲自一试了。当然，现在还不是时候，江水舟一刻不停地监视着他。

想到江水舟，江水舟就来了，他提了一瓶酒，还有一些小菜，进门后他就坐在秦天亮对面，把酒打开，给秦天亮倒了一杯，自己也倒了一杯，举着杯子说：来，秦科长，我们一起庆祝一下。

秦天亮不解地望着江水舟，他自言自语似的说：江主任，我们这是庆贺什么呢？庆贺重庆即将解放？

江水舟说：这会儿我们老婆孩子该到台湾海峡上空了。他们安全撤到台湾，这不该庆祝么？

秦天亮抓过杯子和江水舟碰了一下，他喝了一口酒，酒的滋味让他清醒过来，纠正错误情报这一想法成了他唯一的念想，他开始想办法脱身。

他很配合地和江水舟喝酒，江水舟只说一个话题，那就是老婆孩子，似乎他想用这种方式时时提醒着秦天亮老婆孩子的存在。

喝了一会，江水舟就又道：秦科长，飞机落地了，咱们的老婆孩子党国会安置好的，你就放心吧。

直到这时，秦天亮才意识到，所有发生的一切都是真的，梁晴和儿子已经成了他们的人质，人质又意味着什么？眼前的江水舟为什么在这种时候找他喝酒，江水舟到底要干什么？难道就是为了庆祝飞往台湾的飞机平安落地？一连串的疑问和想法涌进秦天亮的大脑。此时的他身在明处，只能以不变应万变。

他被捕了，又被奇迹般地放了出来，然后是梁晴被送往台湾，他知道，有一个巨大的阴谋在等待着他。

此时他已经没心思再琢磨这场阴谋了，他现在十万火急的任务就是，把真实的情报送出去。他望了一眼窗外，天已经黑了，今夜就要行动，否则，明天就来不及了。眼前，他的首要任务就是甩开江水舟的纠缠，趁着天黑找到川东游击队。

他喝光了最后一口酒，然后亮了亮杯底说：江主任，酒就喝到这吧，我们该回去休息了。

江水舟也站起来，扶着秦天亮的肩膀道：好，咱们回去休息。

两人走出办公室，走到院子里，再向后转，通过一个月亮门就是他们位于重庆站的家属宿舍了。以前他们住在一个楼里，但不是一个楼门洞，一直走到楼下江水舟仍没有要和秦天亮分手的意思。

秦天亮说：江主任，你住在这个单元。

江水舟说：老婆孩子都走了，我还有些不适应，我今天陪你，咱们好好聊聊。

江水舟强行走进了秦天亮的家，秦天亮知道，自己被江水舟监视了。

秦天亮用钥匙打开门时，眼前的景象又让他回到了从前。家里的一切依旧是早晨出门前的样子。那时他还没接到让梁晴撤退的命令，梁晴是在他去上班后接到通知的。不知梁晴离开家门时，是怎样的一番心境。屋里的一切仍有条不紊的，墙上仍然挂着他们一家三口的照片。那是小天满一岁时一家三口照的，小天在梁晴的怀里笑着，他站在梁晴的身后，似乎要随时保护娘俩的样子，他看到此情此景，鼻子有些发热。

江水舟说：还是嫂子这人心细，人都走了，家还这么干净，哪像我们家呀，现在简直成了猪窝，连个下脚的地方都没有，看来今晚我只能住在你这里了。

江水舟说完就仰躺在外间的一张床上，秦天亮无可奈何地说：江主任，时间不早了，你休息吧，我也去休息了。

秦天亮说完走进了里间，这是一张大床，平时是他们一家三口居住的地方，他只脱下了外罩，便躺在了床上，被子叠得整整齐齐，似乎这一切预示着梁晴并没有走，只是出去买菜了，像往常一样，没多会儿还会回来的。他关了灯，把头埋在被子里，他突然无声地流下了眼泪。

没多会儿，外间的江水舟就传来了不大不小的鼾声，鼾声被江水舟打得有节有律。秦天亮悄悄起床，把鞋提在手里，他要出去，找到川东游击队，把最后的情报送出去。他刚走到外间，灯突然亮了，突然而至的灯光让秦天亮大吃一惊。

江水舟坐在床上，手里举着枪，枪口正冲着他。

江水舟怪笑着说：秦科长，这么晚了还想去哪呀？现在是非常时期，全城都戒严了，你这会儿出去是非常不安全的。

秦天亮站在那里，望着江水舟和他手里的枪，突然抬起手来，他搭在外衣底下的手里就握着一把枪，枪此时已经上膛了，他只能和江水舟鱼死网破了。秦天亮扣动了扳机，结果连击两次，枪并没有响。

江水舟笑一笑道：秦科长，你的枪没有枪针了，因为你用不上那玩意了。你最好还是回屋去睡觉，明天都站长会给你任务的。

秦天亮没有料到，江水舟早就对他下手了。他扔掉手里的枪，连同搭在手臂上的军服。

江水舟又说：秦天亮，你想和我鱼死网破？只要我手里的枪一响，外面的卫兵立马就会冲进来。省点力气吧，秦科长，以后党国给你的任务还很艰巨，别忘了，你老婆孩子已经到了台湾，你这么折腾，对他们可不利。

秦天亮颓然地立在那里，他想：自己中了他们的阴谋。

这个阴谋像一个无底洞，他正在急速地向下坠去。

任务

解放西南的大军距离重庆市外围只有几十公里了，一切都乱了。

秦天亮被江水舟和副站长老都带进了毛人凤的办公室，此时的江水舟寸步不离秦天亮的左右。秦天亮知道自己已经被绑架了，这样的绑架让他有苦说不出，他不知道敌人葫芦里到底卖的是什么药。

走进毛局长办公室时，毛局长办公室已经空了，毛人凤穿戴整齐地立在办公室的中央，他背对着门，茫然地望着窗外。都副站长在门口喊了一声：报告局座，秦天亮来了。

毛人凤没有说话，他抬起手时，挥了一下，秦天亮看见毛人凤戴着手套，雪白。对毛人凤，他既熟悉又陌生，在这之前，他一共见了两次毛人凤本人。第一次是梁晴带着他去南京，在毛人凤的私宅里第一次见了他。那会儿毛人凤刚接任局长职务，正志得意满，他真真假假地向梁晴表示了对她姑父的死的惋惜，同时表示一定会帮助他们。那一次，是梁晴的姑姑陪同他们去的，会见也是在家里进行的，就有了人情的味道。毛人凤还向梁晴的姑姑询问了家里的近况，拉着姑姑的手说了些许关心的话。后来他们就离开了。

第二次见到毛人凤时，就是整个总统府从南京迁到重庆后，保密局自然也迁到了重庆，毛人凤带着人前来重庆站视察，这会的毛人凤似乎已经感受到国民党气数已尽，他的一张脸有些憔悴，但仍努力做出平静的样子，他逐一握了手。走到秦天亮面前时，他没有握手，而是抬起手来重重地在他肩上拍了一下，目光很深地望了秦天亮一眼，小声地问：梁晴还好吧？

秦天亮点了点头，毛人凤满腹心事地也回点了一下头，接着又接见下一个了……

秦天亮被老都和江水舟夹在中间站在空荡荡的办公室里，这时毛人凤转过身来，目光犀利地望着秦天亮，秦天亮也直视着毛人凤，直到这时，他才意识到，这场阴谋的策划者不是别人，正是面前的毛人凤。他直视着眼前这个人，似乎想把他的阴谋看透。

毛人凤突然笑着走上前来，捉过秦天亮的手用力摇了两下：天亮，后生可畏，前途无量。从第一面见你，就知道你是个可用之才，经过这几年的历练，你现在成熟了，完全可以胜任党国交给你的任何工作。

他望着眼前的毛人凤，如在云里雾里。他在心里一遍遍告诫自己，这老狐狸到底要干什么？

毛人凤从桌面上拿起一张纸，端在手里郑重地宣读：委任状。

江水舟和老都都双脚立定，他下意识地也并拢了双脚。

毛人凤继续宣读：现任命国军重庆站二科中校科长秦天亮为川东救国军少将司令。

他听着毛人凤的宣读，一时不知自己在哪儿。他怔在那里，都副站长用手捅了他一下道：还不快谢谢毛局长。

他仍怔在那里，江水舟从毛人凤手里接过这份委任状，强行塞到他手里，他不知是该接过来还是该把它扔掉。

毛人凤已经走过来，扳住他的肩膀，盯着他的眼睛说：你是党国的人，相信你会为党国光复大陆作出贡献。

停了停又道：梁晴和孩子已经在台湾安顿好了，只要你任务完成得杰出，你和梁晴还有孩子会有团聚那一天的。

他感受到毛人凤手上的力量又加了几分，毛人凤说完这话，又补充道：都副站长会交代给你任务的。

说完，冲都副站长和江水舟点了一下头：后会有期。而后便向门外走去。楼道里的秘书和警卫已经等候多时了，他们拥着毛人凤大步流星地走出去，稍后院外便响起了汽车发动的声音。

秦天亮知道，毛人凤一定直接去了机场，那里会有专机迎接他，不久，他将会降落在台湾。

他们离开毛人凤办公室，径直回到了重庆站，此时的重庆站已人去楼空，一个人也没有了，三个人走在空空的楼道里，脚步声夸张得让人胆寒。

都副站长推开自己办公室的门，办公室里早就空空如也，昔日的一切都不复存在了。

都副站长回过身望着秦天亮，似乎长出了口气，他用半开玩笑的口气说了句：过去的都结束了，未来的才刚刚开始。

他走到桌旁，拉开抽屉，把一个早就准备好的信封放到桌子上。先是从里面抽出一张照片，递到秦天亮的面前。

秦天亮看到那张照片时，倒抽了一口冷气，一个女人搂抱着一个孩子，浑身是血，第一眼看见时，他觉得是梁晴和儿子小天；第二眼看时他仍这么认为，女人和孩子的脸半侧着，虽然看不真切，但那样子分明就是梁晴和小天无疑。他一把抓过照片，他的手在抖，心在颤，他颤抖着声音问：你们把他们怎么了？

都副站长哈哈大笑了两声，这笑声在空寂的办公室和楼道里夸张地回响着。都副站长站起来道：天亮，亏你还是搞特工出身的，这张照片真假你都看不出来？昨天你亲自送走了梁晴和孩子，飞机上天了，也是你亲眼所见的。这怎么会是梁晴和孩子呢？

他一屁股坐在椅子上，举着照片的手仍在发抖，他口齿不清地问：那，那这是什么？

都副站长说：天亮，你现在是川东救国军司令了，你的任务就是潜伏下来，为党国早日光复大陆潜进共产党内部，你要在他们那里生活，你的老婆孩子去台湾了，你怎么向他们交代？这张照片就是你最好的交代。解放军攻城，炮弹落下来，把他们娘俩炸死了，要让共产党对你有负罪感，他们就会重用你，你在共产党队伍里官当得越大，你才能越好地为党国服务。

照片陡然落到了地上，江水舟弯腰捡了起来，小心地放到他上衣口袋里，冷冷地说：记住，你的老婆孩子死了。

秦天亮的心一紧，恨不能一拳把江水舟打个半死。他握紧拳头，半晌，又松开了。

都副站长拍拍他的肩膀道：天亮，你的夫人和孩子都在台湾，这一点你别忘了。

秦天亮知道，都副站长这是在威逼利诱，他只能松开自己的拳头。

都副站长把身子背过去，语速缓慢地说：重庆马上就是共产党的天下了，天亮你的任务就是潜伏下来，你对这工作已经不陌生了，你一定能完成好，党国相信你。你的具体任务会有人找你接头的。记住，来人凡是说"娘家来的人"都是自己人。

都副站长转过身，把文件袋递给他：你看看，这都是以后联络的暗号，还有电台密码。看完后你就烧毁它。

都副站长说完，冲江水舟使了个眼色，两人一起走了出去。

此时，空荡荡的办公室里就剩下秦天亮一个人了。他打开那个信封，只看了几眼，里面的内容便全部记下了，这是他多年地下工作养成的特点。

他听到了汽车的马达声，他趴着窗子看见一辆吉普车驶离了昔日重庆站的院子，现在这里真的空了。确信这里真的只剩下自己时，秦天亮突然长出一口气，有种如释重负的感觉。

他把那个信封先是撕成两半、四半，最后一口气撕了个粉碎，打开窗子扬扬洒洒地把它们扔到了窗外。

他做完这一切向外奔了出去，站到院子里他才意识到自己还穿着国民党中校的制服，他把外衣脱了下来，扔到院子里，然后他跑过月亮门向家里奔去。

他一口气上楼，又一头撞开门，他迫不及待地跑到大衣柜前，然后一股脑地把衣服脱掉，换成了便装，他对着镜子看自己时，在心里说：这才是秦天亮。

突然，他想到了都副站长给他的那张照片，刚才因为匆忙，他没来得及从衣兜里掏出那张照片。他重又奔下楼，那件衣服仍扔在院子里，他拿出那张照片，又仔细端详了一眼：照片里分明是梁晴母子，他暗自佩服都副站长的高明。他把照片揣到贴身的口袋里，一时也说不清为什么要这么做，这张照片到底意味着什么，他只感觉到，梁晴和孩子真的遇难了，心里沉甸甸的，有种要哭的欲望。

很快，他打消了这一念头，眼前他的任务是尽快和游击队接上头，把传出去的错误情报改正过来，也许一切还来得及。

他跑到大街上，看到又有一架飞机起飞了，他仰起头看见那架低空盘旋的飞机，绕了半圈向远处飞去。猛然间，他又想到了梁晴和小天。他在心里说：梁晴小天，你们还好么？这时他已经没有时间想更多的了，梁晴和小天以后的生活，以及他目前的处境都是次要的。此时他心里唯一的想法就是找到接头组织，把情报传出去。

他在大街上奔跑起来。大街上到处都是人，奔跑的百姓，还有从前线溃退下来的士兵，他们像无头苍蝇似的到处乱撞。秦天亮已经管不了许多了，他在奔跑。

游击队的接头地点他是知道的：在一条巷子里，有一个喝茶的地方，那里有一个叫老罗的老汉，整日里在那摆一个茶摊。他奔跑着，一直跑到巷子口，他推开了茶馆的门。他看见老罗正惊诧地看着他。

这个接头地点他从来也没启用过，组织上曾经交代过，不到万不得已不能动用这个接头地点。

他推开门的一刹那，说了句暗语：老家发水了——

老罗怔了一下，马上答：大舅还在么？

暗号对上了，他身子一歪，一下子坐在一把椅子上，上气不接下气地说：我是蜂王，有情报十万火急传出去。

老罗已经快速地关上了门，连拖带拽地把他拖进了屋内。

蜂王是他的代号。

解放

老都和江水舟离开重庆站,他们便分开了。他们的任务为潜伏,江水舟此时的身份是成都地区救国军司令,老都是西南救国军总司令,中将军衔。

江水舟离开重庆站便带着司机和助手向成都出发了。

老都的潜伏地就是重庆,他没费太多周折,换上了便装,潜进了古巷深处一套老房子里。这套老房子,是三年前他在重庆置办下的财产,他原想要发一笔财,没想到,现在这套房子派上了用场。老都已经给自己改好了名字,他买房时就用的假名字王耀田,一个普通得不能再普通的名字。

以前的老都此时的王耀田,躲在巷子深处,听着不远处隆隆的枪炮声,他用手堵住了耳朵。

江水舟的名字也改了,他办了一个名为周江水的假身份证。他身穿军装,坐在军用吉普车里摇摇晃晃地驶向了通往成都的山路。这会儿,重庆和成都都还没有解放,按原计划,驻扎在重庆和成都外围的国军还可以坚持一周左右的时间。

虽然驻扎在两个城里的指挥机关已经形同虚设了,该跑的跑,该溜的溜了,但名义上这里仍然是国军的地盘。

江水舟穿着军装,带着司机和助手堂而皇之地向成都驶去。那里也有一批潜伏人员,他要和他们接上头,做一番布置。

车行驶在夜晚的山路上。让他没有料到的是,这时一小队解放军突然冲上了公路,在灯影里,几个黑洞洞的枪口冲向了他们。起初那一瞬,他还以为是自己人。根据他了解的情况，重庆和成都一带，此时最少有两个军的兵力在抵抗，共军不会这么快就杀到腹地，待车驶近一些，他才意识到，这一小队人马不是自己人，而是共军！他拔出枪冲司机说：冲过去。车突然加大马力，垂死挣扎般地冲将过去。那一小队解放军似乎也没料到这辆汽车会径直冲过来，还没来得及反应，车便咆哮着冲了过去。

后面的枪声响了。

江水舟舞着枪说：快开，快开！

他拉开车窗向后打了两枪，可就在这时，吉普车一头栽到路旁的沟里，江水舟只能和助手跳下车。

那一小队解放军冲了过来，他们一面射击一面喊着缴枪不杀。江水舟跳下车，逃进树丛里，一路跌跌撞撞地向前跑去。

那一小队解放军到车前停了一下，接着向草丛里追了一阵，打了几枪，便悄无声息地消失了。在江水舟看来，也许共军这一小队人马只是完成侦察任务，但这场虚惊，让他再也不敢回到大路上去走了，他和助手只能跌撞着走在丛林里，目标仍然是成都。

秦天亮找到川东交通站，当天晚上便被人带出了城，在城郊的一排房子里，他见到川东游击队的负责人，那人姓赵。赵同志握着他的手说：蜂王同志，你辛苦了。

直到这时，秦天亮才觉得自己真正安全了。他握着赵同志的手很久没有松开，自从潜进敌人内部那天起，他的心从来没有踏实过，就是晚上睡觉，他也醒着一只耳朵，最近一连串的变化，已经让他三天三夜没有合眼了。他握着赵同志的手说：我传出的军事情报有误，需要改正过来。

赵同志说：前指的同志已经接到真情报了，部队已经调整了部署。你的情况我们已经汇报给了前指，前指的首长指示让你好好休息，迎接大部队进城。

他握着赵同志的手，眼里差不多快涌出了眼泪。

赵同志想起了什么似的说：蜂王，你的夫人和孩子还留在城里么，他们是否安全？

这么一问让秦天亮一怔，他突然想到了怀里揣着的那张照片，于是下意识地把它拿了出来。赵同志看了，突然低下声音说：蜂王同志，你为解放重庆作出了巨大牺牲，我代表川东游击队向你致敬！

说完，赵同志给秦天亮敬了一个礼。

秦天亮在游击队大本营的床上昏睡了过去。不知过了多久，又被一个洪亮的声音叫醒了。

他睁开眼睛时，看到了一张熟悉的面孔，那人就是长沙地下党负责人马友谊，他疑心自己在梦里，揉了揉眼睛，从床上跳下来。

马友谊握着他的手用力摇着说：天亮，我们的蜂王，你为我们的解放事业作出了大贡献，党和人民是不会忘记你的。

秦天亮彻底醒了过来，他真切地感受到他回到了现实之中，眼前的马友谊就是长沙地下党书记。

他望着眼前的马友谊，眼睛突然潮湿了，马友谊是他的入党介绍人，在长沙那条古旧的街巷里，他们在一个房间里把窗子蒙上了，他面对着党旗宣誓：为了共产主义的事业奋斗终生。

他被指派到南京打入保密局就是马友谊给他下的命令。那一次，也是马友谊一直把他和梁晴送到长沙火车站。车都开动了，马友谊仍不停地挥着手高喊着：天亮、梁晴，你们保重。

车驶离了好远，仍能看到马友谊站在月台上挥舞的一只手。

他嘴唇颤抖着道：马书记，我可见到你们了。

他拥抱了他革命的领路人马友谊，马友谊张开怀抱拥紧他的时候，他感到既安全又踏实。他在心里一遍遍地说：回来了，我秦天亮回来了。

两个人拥抱了一会，突然马友谊推开他道：梁晴呢，她还在城里么？

他一时语塞，低下头，半晌，从怀里拿出那张照片。

马友谊一下子就怔住了，他喃喃地说：怎么会这样？

马友谊说完，照片就从手里滑落下去，一个女同志弯下腰把照片捡了起来，她只看了一眼，突然捂着嘴一边哭泣一边跑了出去。

马友谊拉着秦天亮的手坐了下来，久久没有说话，他望着秦天亮道：天亮，梁晴是个好同志，你要记住她。

秦天亮点点头，他的思绪一下子飘到了孤岛台湾，梁晴和孩子还好么？他一想到他们，情绪一下子低落下来，甚至有些伤感，他的眼圈再一次红了。

马友谊又一次拍了拍他的肩膀。

秦天亮突然想起了什么似的说：我们传出去的军事布防图是敌人的假情报，咱们部队没因为假情报受损失吧？

马友谊说：敌人这是玩了一个迷魂计，咱们的同志得到了他们的B计划，咱们部队及时改变了作战部署。

秦天亮这才意识到，除了他和梁晴之外，还有同志在敌人内部。组织的原则是，他没有权利打听另外的同志的任何消息。他只问了一句：这位同志还安全吧？

马友谊说：她另有任务。

秦天亮就不能再往下问了，这是纪律。他的假情报没有给部队造成损失，他悬着的一颗心也就平稳了。

此时，马友谊的身份是解放军军管会敌工部部长。

马部长拉着秦天亮从房间里走出来，秦天亮看到解放军的队伍，正抬着枪炮火速向重庆市区开进。

马友谊望着队伍感叹地说：天亮，重庆解放了，成都也解放了，离解放全中国的日子也不远了。蒋介石跑到台湾去了，下一个目标，我们就是解放台湾,他们跑不了。

秦天亮看着一队队一列列的队伍，心里有种激情澎湃的东西一漾一漾的,说到解放台湾,他想到了梁晴和小天。

刚才捡到照片的那位女同志,突然走过来,站在秦天亮面前,抬起手给秦天亮敬了个礼,红着眼睛,哽着声音说:秦天亮同志,你的爱人和孩子,没能看到重庆解放这一天,我替他们难过。

说到这里,这位女同志又有了要哭的意思,低下头,把那张照片还给秦天亮,便头也不回地跑走了。

秦天亮怔怔地看着她的背影,她的背影姣好,一条辫子在她后背上跳来荡去的。

马部长望着这女同志的背影说:天亮,她叫王百荷。是我们敌工部的同志,你别看她年纪小,她可是革命的老资格了。以后咱们还要在一起工作,时间长了你就知道了。

王百荷已经消失在了队伍之中。

马部长拍一下秦天亮的后背道:别愣着了,咱们进城。

警卫员牵来两匹马,秦天亮随着马部长和源源不断的队伍,向着对他来说既熟悉又陌生的重庆城走去。虽然,他离开重庆还不到两天的时间,此时,他又重新走进这个城市,心里就有了别样的感觉。

军管会

重庆解放了，天是蓝的，人是新的，一切都崭新起来。

解放大军接管了西南重镇——重庆，随即成立了军事管理委员会。马部长找秦天亮谈了一次话，马部长是代表组织和他谈的话。此时，马部长和他谈话的地点就是以前重庆站老都的办公室，屋里的摆设稍加变动，便成了马部长的办公室。当他喊了一声报告走进办公室，看着坐在桌后椅子上的马部长时，竟有一种恍若隔世的感觉。时光瞬间错乱之后，他很快还是回到了现实。

马部长说：天亮呀，解放了，咱们共产党人当家做主人了，我们要管理好这座城市，道路还很艰巨，我们革命党人，一定要把这份担子挑起来，经组织研究决定，任命你为军管会刑侦处的处长。

马部长这么讲话时，秦天亮一直望着马部长，秦天亮站了起来，真诚地说：部长，你看我合适么？

他又想到了飞往台湾的梁晴和儿子小天，这是他的软肋。老都和江水舟等人一定会利用他这一点，胁迫他为他们卖命。在临离开重庆前，保密局潜伏下来一大批特务，据说有上百人，可惜他没有拿到那份名单。这一切意味着解放后的重庆并不会太平。想到这，他真诚地冲马部长说：部长，这工作对我来说怕是不合适。

马部长就严肃地说：天亮，你搞过地下工作，现在你变成地上工作者了。国民党潜伏在全国的特务还有散兵游勇不计其数，你的工作就是侦破敌人的地下组织。组织考虑过了，干这项工作你最合适。潜伏下来的这些人你都熟悉，以前他们甚至都是保密局的人。你和这些人打交道最多，你最熟悉了。

秦天亮站在那里，忽然感到肩上很沉，他挺了一下胸，低低地说了一声：是！

马部长又说道：天亮，为了方便，你就还住在原来的房子里吧。

秦天亮回答道：部长，我听您安排。

马部长突然回头叫道：百荷，你过来一下。

王百荷便应声而入了，她走起路来脚步很重，像一个行军打仗的战士一样立在马部长面前。她冲秦天亮笑了一下，然后就大着嗓门说：马部长，有什么事么？

马部长不看王百荷，却把脸转向了秦天亮道：天亮，这是王百荷同志，你们见过的，组织上让她做你的助手。

秦天亮认真地看了眼王百荷，没有说话。

马部长似乎看出了秦天亮的怀疑态度，便又说：别看王百荷年纪不大，她十三岁就参加了游击队，打过仗，做过妇女工作，支过前，后来正式参军，参军后一直在我身边工作，群众工作做得呱呱叫。你们刑侦处工作起来也不能离开群众，我们的队伍刚到重庆，要开展工作不能离开群众。

秦天亮听了马部长的介绍，便伸出手去。王百荷大咧咧地把手伸出来，用劲地握着秦天亮的手，因为她用力过猛，秦天亮咧了一下嘴。王百荷还用另一只手狠狠地拍了一下秦天亮的肩膀道：处长，我王百荷以后就是你的兵了，有什么事尽管吩咐。

短短的几天时间里，这是他第二次见到王百荷了，可以说这两次见面给他留下了深刻印象。

军管会的办公地址就是以前重庆站那幢办公楼。进进出出的人们，脸上都挂着一种灿烂的笑容。秦天亮看着这里的人们，他竟有一种天壤之别的感觉。以前这里充满了阴谋，每个人都不苟言笑，因此显得到处都是阴森森的。此时眼前的人们到处都充满了阳光和欢笑，这种情绪也感染了他，他也一直充满了笑容，忙这忙那。他在心里说：解放了，真好。

忙了一天，他回到自己的家，用那把熟悉的钥匙打开了那把熟悉的锁，家里一切依旧，所有的摆设和灰尘甚至都是梁晴离开家时的样子。他站在房间里，没有开灯。他闭着眼睛也不会走错。此时的秦天亮，真实地又想到了梁晴和儿子小天。他心里顿了一下，沉沉的，重重的，一种叫牵肠挂肚的东西从心底升起。

正在这时，虚掩的门被推开了，他看见王百荷提着脸盆和行李站在门口，王百荷大声地说：秦处长，你住在这呀，好哇，以后我们成邻居了，我就住在你隔壁，有事叫我呀！

王百荷说完又噔噔地走了。

秦天亮开了灯，突然而至的光明让他眯上了眼睛。隔壁王百荷在房间里弄出很大的动静。以前隔壁住的是电报组组长汪兰，她也是个独身女性。汪兰平时都是静静地回来，又静静地出去。在楼道里每次见到人都打着招呼，回到自己的房间里，一切就都安静了，仿佛这个人已经不存在了。

汪兰去了台湾，是他亲眼所见，就和梁晴他们坐同一架飞机。

秦天亮努力地把思路牵回现实中来，他打开了马部长交给他的一份绝密文件。

文件上说，蒋介石于 1950 年 3 月 1 日，在台北的总统府广场上高调宣布自己恢复总统职务，同时还宣布要恢复中华民国。与此相应，制定了一系列反攻大陆的作战计划，成立了《国光工作室》，下辖陆光（陆军）光明（海军）擎天（空军）。

陆光下辖——登陆作战部队（工作室）成功（华南军区）工作室。

光明下辖——63 特遣队，曙光——64 特遣队。

擎天下辖——大勇（空降特遣队）九霄（空军作战司令部）。

也就是说蒋介石为反攻大陆不惜血本，形成了陆海空立体模式，还有撤离大陆前潜伏下来的名目繁多的各种特务组织。秦天亮看着这份机密文件，身子开始冷了起来，突然一阵风把窗子刮开了，外面雷声好大，他打了一个寒战，快速地走过去，把窗子关上了。

过去的江水舟此时的周江水走在通往成都的山岭间，他带着助手跌跌撞撞地爬行着，他们身上的军服早就扔了，换成了布衫长裤包头，一副山里人打扮。

经历了一场虚惊之后，他们早就不敢走大路了，只能在山岭间爬行。又一个天亮来临时，他们终于走进了成都，成都已经解放了，到处都是军人的身影，树上墙上到处贴着标语口号，满眼都是花花绿绿的样子。

周江水带着助手躲在一个小巷子里，一时不知如何是好，他们的接头地点是一家茶馆，茶馆里的人都是他们自己人，救国军司令部就设在那里，只有和茶馆里的人接上头，他们才能把一张大网联系起来，也就是说那家叫白果树的茶馆是他们的指挥中枢。

周江水从重庆出发时，那时得到的消息是，成都还没有解放，他原计划是成都解放前赶到成都把这张大网织起来。让他没想到的是，刚出发不久他就遇到了解放军的小分队，一下子把他的布局打乱了，经过几天在山岭间的奔波，他们已经迟到了。

两个人躲在巷子里，看到巷外晃动的人影都会心惊胆战一阵。

助手姓朱叫朱铁，以前就是江水舟的手下。此时朱铁冒冒失失地叫了一声：司令，我们下一步该怎么办？

周江水瞪了眼朱铁，青着脸说：什么司令不司令的，我是个光杆司令，以后别叫我什么司令了，就叫当家的。

朱铁就噤了声，应了句：当家的，我们该怎么办？

周江水拍拍身子，把腰里的枪掏出来扔到下水道里，朱铁学着周江水的样子也把枪扔掉了。

周江水这时才吁了口长气道：记住，咱们是商人，我叫周江水，你是我的伙计。

朱铁就点点头道：记住了，当家的。

周江水带着朱铁从巷子里走出来，迎面就碰上了一列巡逻的解放军，周江水忙低下头站在路边，一直等这列队伍过去，才重新向前走去。

转过几条街角，眼前就是白果树茶馆了，门口的幌子还在，两个人望着那幌子一阵欣喜，满身的劳累似乎一下子袭来，让两个人有种摇摇欲坠的感觉。两个人踉跄着脚步像见到亲人般地向白果树茶馆走去，不料从里面冲出一队解放军，他们押着五花大绑的几个人走出来，外面许多看热闹的百姓见状，一下子聚拢过来，一边挥着拳头一边高喊着：打倒狗特务，打倒狗特务！

这些被称为狗特务的人，灰溜溜地在解放军战士的押解下被快速带走了。

周江水和朱铁站在人群里，刚松弛下来的身体一下子又绷紧了。眼睁睁看着自己的同伙被抓走，他们很庆幸自己晚来了一步，如果早一些的话，说不定自己也会被抓捕。看来此处不可久留，两人对视一眼，快速地离开了人群。

躲到僻静处，朱铁气喘着说：当家的，接头地点没有了，我们该怎么办？

周江水这才意识到自己已经身处绝境了，当初被任命为成都救国军司令时，他是满怀豪情和斗志的，满身的血液涌到头上，他要为党国献身，举起救国军的大旗。眼前的一切让他冷静下来，什么救国军司令，其实就是一个光杆司令，此时的周江水有种被骗的感觉。他带着朱铁躲在角落里，身子发冷似的说：兄弟，我们被骗了。

朱铁茫然地望着周江水，无助地说：掌柜的，下一步我们该怎么办？

周江水冷静下来，他仰头望着天说：成都咱们是不能待了，咱们已经断线了，只能回重庆，咱们在那里人头熟，好多关系都在。

两人这么说着，便向城外走去。

朱铁信心不足地说：咱们能走回重庆去么？

周江水说：我现在是周江水了，是个商人，你是我的伙计，这一点你记住。

朱铁点着头，两人胆战心惊地走向了通往重庆的山路。

副站长老都，此时化名王耀田，住在重庆的家里一刻也没有安静过。上午来了一拨解放军挨家挨户登记，查看了他的房产证，也看了他的户口簿，做了登记，他此时的身份是商人。

老都果然就是一副商人打扮，穿着长衫，他生疏地把手袖在一起，在房间里来回地走着。他最里间的卧室有两块活动地板，撬开两块地板，里面就有一个地下室。地下室装着电台，还有两把枪。这是他的全部家当了。

昨天晚上他和台湾方面联系过了，并得到一个指令，这两天就会有台湾的特务潜回大陆，会上门和他联系，新的任务会由这个人带来。老都现在只负责和台湾方面单独联系，他现在的主要任务是建立巩固在重庆的情报站。

他和江水舟分手后，便躲到了这里，这里暂时是安全的，他建立这个情报站时，是奉毛人凤指示这么做的。具体的确切位置只有他一个人知道，甚至毛人凤也没有过问过，他只负责批给他特殊的经费。他要留在大陆建立情报站，半年前就已经开始筹备了。为了做到万无一失，他这项工作的保密性应该说做得很好。

江水舟离开他时，也没有过多地询问。毕竟有纪律要求，即便问，老都也不可能说实话。但他们都知道，对方会潜伏下来，做他们应该做的地下工作。因为该走的早就走了。

他们分手时，沙坪坝机场最后一架驶离的飞机歪着身子轰鸣着腾空了。接下来，解放大军就开进了重庆城。

暗杀

秦天亮每天早晨去军管会上班，经常会和邻居王百荷迎头相碰。有时秦天亮刚锁好门从家里出来，王百荷也出来了，她锁门的样子有些手忙脚乱。秦天亮看一眼王百荷便向前走去，王百荷锁好门，噔噔地从后面追上来，走到秦天亮面前说一声：处长好！

秦天亮不知说什么，只点点头。每天早晨两人差不多一起走进军管会，先到的同事就和他们打着招呼：处长好，科长好！

王百荷现在是一名科长，王百荷一副很受用的样子，举起手来和众人打着招呼。每天早晨，两个人一起进来的样子成了军管会的一道风景。

有一天，王百荷从后面追上秦天亮突然道：你的夫人和孩子到底是怎么被炸死的？

秦天亮心顿时一沉，有些不耐烦地说：被流弹炸死的，我以前说过。

王百荷低下头，叹口气说：处长，我为你夫人和孩子感到难过。

王百荷说到这里时，眼圈又红了。

秦天亮立住脚，望着王百荷。王百荷低下头，快速地向楼道里走去。秦天亮望着王百荷的背影，半晌没有反应过来。

重庆解放后，迎来各种各样的集会，人民群众在这种集会中领会到了许多新精神，然后生活就有了目标和方向。

每次集会时，昔日的老都现在的王耀田都会倚窗而立，望着外面过往的人群。他的心里很不是滋味，外面的集会越多，他的心里就越乱。每次集会有新政策出台时，共产党的政权就稳定了一分，这样一分分地稳定下去，台湾方面就越发焦急。云南、贵州一带还有国民党的队伍在山上打游击，他们和缅甸一带的国军联系在一起，等待着反攻大陆的时机。

老都自然明白自己所肩负的使命。江水舟被派到了成都，电台的呼号和联系方式都留下了，可江水舟迟迟没有联系过他。他一次次从床下钻到地下室里，不断地联系江水舟，对方一直没有回应。一天天过去，老都就有了种不好的预感。

有时他呆坐在地下室里，守着电台，一坐就是大半天。他感到了一种前所未有的孤独。突然就在这一天，老都收到了一封密码电报，当他把密码破译出来后，不禁打了个激灵：老么，密杀重庆三号！

“老么”是老都这个特务活动站的代号，重庆三号，是驻军的一位首长，具体地说就是军管会敌工部的马部长。

马部长现在把工作重点放到了维护社会治安、深挖潜伏下来的特务组织上。刚刚解放的重庆，特务经常闹事，今天炸一架铁路桥，明天又在水里投毒，一时间，解放的重庆鸡犬不宁。

军管会的人自然也没闲着，于是就有特务相继落网。落网的都是一些小特务，有的是刚刚招募不久的，还有的是一些没撤走的部队的士兵，封一个名号，给些金钱，然后换上便装，乔装成百姓。他们急于立功，不懂形势又不懂策略，很愚笨地下手，于是下场便可想而知了。在重庆的大街上，三天两头地就会看见解放军战士押解着三两个被五花大绑的人，这些人一准就是所谓的特务。

国军撤走前，留下了大批这样的人，每个部门为了彰显业绩，都在被解放的城市里留下一手，这些人只单线联系，他们只对自己的顶头上司负责，并各自邀功行赏。

老都是最为正统的特务，他受命于“国防部”保密局，保密局就是国军中特务的最高机关。能在保密局工作的人都受过专业训练，有些人是身经百战的老牌特工，有着严密的组织程序和明确的分工。

老都在巷子口就曾亲眼见到解放军抓走了两名所谓的特务。老都只瞄了一眼，便一眼识破这两个人根本不是什么真正的特务，在他眼里这就是两名青皮后生。从他们的发型和衣着上看，他们是刚刚脱下军装的低级军官，经验的缺乏和鲁莽让他们付出了代价。

老都接到命令，暗杀军管会的三号。这么久了，他第一次接到这样的命令，他备受冷落的心，似乎一下子见到了阳光。这么多天，电台一直无动于衷，一点信号也没有，现在老家的人终于和他联系上了，也就是说老都还没有被遗忘，他这个救国军总司令还没有被遗忘。老都接到了命令，他不仅喜出望外，甚至大喜过望，他激动得眼泪都出来了。

他擦干眼泪之后，便从家里出来了。此时的老都穿上长衫，戴着礼帽，完全是一副商人的打扮。他走街串巷，一路走来，最后掩身走进古香茶馆。这是他的联络点。这家茶馆的老板和跑堂的都和他们没有任何关系，只是他们规定好的一个联络点而已。

他坐在最里面的一张小桌旁，点了一碗茶又要了一份点心。他喝茶，吃点心，样子从容不迫。最后他结账走了出来，出来前把那份情报悄无声息地贴到了桌子底下。他知道晚上八点时，会有另外一个人把情报取走，再把情报送到下一个联络点。有人会组织行动，不用老都忙活，他们分工明确，单线联系。哪怕下面哪个环节出了问题，也不会牵连到他。

老都走在大街上，迈着不紧不慢的脚步。一直走到自家门前的巷子里，他左右看着，确定并没有人注意他，才推开自己的院门。

集会是在周三的上午进行，集会的地点在一个公园里，这次集会的主题是发动群众揭发潜藏的特务。

标语口号早就列出来了，醒目地贴在公园的角角落落，自发的群众三三两两地走进来。公园的一角临时搭了一个主席台，台上放着桌子，桌子上铺着红布，上面放着麦克风，麦克风也被红布缠起来了。到处都显得喜气洋洋的。

集会的群众越聚越多，有战士在下面做着警戒和维持秩序。待人们相聚得差不多了，马部长的车驶了进来，马部长微笑着从车上下来，一边招手，一边向主席台上走去。

人们唧唧喳喳的议论声就安静下来，马部长很有经验地用手指弹一弹摆在面前的麦克风，悬挂在树上的喇叭便传来清晰的回响声。

马部长用目光环视着台下的众人，便开始讲话了。他说：市民们，重庆解放了，全中国也马上就要解放了，现在的形势是一片大好。但我们眼前的形势是艰巨的，逃到台湾的蒋介石和国民党部队，亡我大陆之心不死，他们千方百计地安排特务破坏我们的大好局面……

台下秦天亮和王百荷等人也站在人群中听着。

就在这时，秦天亮凭着直觉感到有什么地方不对劲，同时他看见站在马部长身后的警卫员小吴一个箭步冲到马部长身边，用身子挡住了马部长。

秦天亮快速地回了一下头，不远处人丛里，他看到了一支枪口。已经晚了，枪声让人群骚乱，顷刻间人们四散着跑去。

秦天亮站在原地还没有反应过来，王百荷已经蹿过去，一脚踢飞了那支枪，警戒的战士也一拥而上，他们把射击的那个人按倒在地。

秦天亮这时才反应过来，他奔过去，捡起了掉在地上的枪。那是一把锯掉枪托的冲锋枪。这个人穿着件风衣，他就是把枪藏在了风衣里。在公园门口时，秦天亮和王百荷带着几个战士检查过所有进来的人，但眼前这个穿风衣的人他一点印象也没有。

风衣特务被按住后，秦天亮突然想起了台上的马部长，他提着没有枪托的冲锋枪望去,眼前的景象让他惊呆了。马部长抱着警卫员小吴,小吴胸前中了两枪,血水正汩汩地流出来。马部长一声接一声地喊:小吴,小吴——

小吴睁开眼睛,看了眼马部长,吃力地说:首长,你没事吧?

秦天亮已经跑了过来,他从马部长手里接过小吴,便向一台车跑去。他把小吴放到车上,开着车便向医院驶去。

对于小吴,他见到的次数不多,每一次小吴都不显山不露水地跟在马部长身后。有一次,马部长拉过小吴向他介绍道:天亮,别看小吴不哼不哈的,小吴救过我好几次命,我这命是小吴给的。

马部长说,有一次半夜行军,他骑在马上睡着了。天黑得伸手不见五指,人和马什么都看不见,完全是凭直觉走。突然小吴拉住了马的缰绳,只说了一句:首长,前面路不对劲。

他在马上划燃火柴,眼前的一切让他不禁大吃一惊,眼前哪里是路,是万丈悬崖,再往前走一步,人和马就得跌下去。

这只是其中一件小事,有好多次这样的险情,马部长都被小吴给救了。马部长一直不舍得安排小吴下部队,就一直把他留在自己的身边。没想到,在解放的重庆,小吴却中枪了。

车到了医院,秦天亮抱着小吴直奔进去,医生接过小吴便去了急救室。很快医生又从急救室里出来,冲秦天亮说:这位同志已经牺牲了。

回到军管处后,秦天亮得到了一个更不好的消息,刺杀马部长那个特务已经服毒自尽了。

秦天亮吃惊地望着王百荷,王百荷一副很委屈的样子,她说:谁知道他把毒药藏在衣领里,特务被抓住后,他就去咬衣领。人还没带到军管会就已经死了。

马部长被刺杀事件,在军管会和整个重庆市引起了巨大的轰动,一时间群众议论纷纷。反特的任务,艰巨地摆在了军管会面前,如果不尽快把特务肃清，人民群众就无法安定下来，正常的社会秩序就无法保障。

在一天下班后，马部长阴沉着脸把秦天亮叫到自己的办公室，看了他许久没有说话。秦天亮惶然地望着马部长。

半晌，马部长从抽屉里拿出一份文件，递到了他的面前，上面印有“绝密”的字样。他展开那份文件时，看到了上面一串密密麻麻的名字。有几个人名他是知道的，这些人都是以前在保密局重庆站工作的人，老都、江水舟等人的名字也赫然在列。他居然也在名单中看到了自己的名字。他知道，第一份潜伏名单当中并没有自己。看来，这是修订过后的名单了。

马部长说：这是我们同志提供的情报，他并不知道你的身份，你的名字自然也在其中。

这当然是一份机密文件，他震惊地望着马部长。

他和老都以及江水舟见最后一面时，就是在这间办公室里，那会儿还是副站长老都的办公室。后来他们去了哪里，他并不知道。原来老都和江水舟就藏在他的身边，他意识到这一点，浑身便一紧。

马部长说：特务显然很多，但他们藏不了多久了，现在重庆不是陪都了，它已经是人民的天下了。咱们要尽快把这些人一个个都挖出来，让重庆早日安定下来，我们的任务还很艰巨。

就在那天晚上，马部长把侦察这些特务去向的任务，交给了秦天亮这个处。

他从马部长办公室离开，天已经很晚了，凭着记忆，他把那一长串名单上的人名已经记住了大半。

他一回到家里，便一头倒在了床上，床头柜上放着梁晴和小天的照片，他们齐心协力地笑着。他一看到梁晴和小天的目光，就像被针扎了一下，他下意识地把照片背过去。

老都和江水舟就躲在这个城市的某个角落里，他们在暗中盯着他。

突然，他家的门被敲响了。他一惊，从床上坐起来，轻手轻脚地走到门口，拔出枪，突然打开门。

王百荷端着一盘热气腾腾的饺子站在他门口，看到他这个样子，王百荷也吓了一跳，她说：天亮，知道你回来晚没吃饭，我特意给你做了饺子。

秦天亮慢慢地把枪收起来，打开了灯。

王百荷说：天亮，你的警惕性也太高了，特务胆子再大，也不敢来咱们这个地方。

秦天亮望着王百荷没有说话。

自杀未遂

梁晴抱着儿子小天，登上飞机那一瞬间，心情是悲壮的。她站在舱门口，怀着诀别的心在和秦天亮告别，她那时也不知道国民党一伙葫芦里到底卖的是什么药。

飞机起飞后，所有的人都在庆幸逃离成功时，许多人甚至鼓起了掌，唯有梁晴抱着儿子躲在一旁，偷眼看着众人的欢庆。

都副站长的夫人张立华，一个体态丰润的中年女人，平日里喜欢穿旗袍，涂脂抹粉，人就显得油腻腻的。她是南京人，却爱学上海人讲话的腔调，老都带她去过几次上海，她一下子就喜欢上了上海，她说上海才是真正的天堂，南京太土，于是她就模仿上海人的穿着和做派，张口上海长，闭口上海短的。

张立华此时站起来，大着声音说：我家先生说了，我们迟早还会打回大陆的，我们只是暂时到台湾去避避风头。重庆还会是国军的，大上海也还会是国军的，整个大陆还会是我们的天下。

她的讲话，引来了众人一片叫好声。这架飞机里大都是保密局的家属，女人和孩子占了一大部分。年轻些的军人只有保密室主任郑桐。郑桐生有一张国字脸，眉毛很粗。武汉会战时，他从青年学生变成了一名军人，他经历过战争，当然也经历过生死，人就显得很沉稳，经常表现出置生死于度外的神情。他是重庆站保密室主任，这次去台湾的任务就是护送机密文件，否则，他也不会坐上这架通往台湾的飞机。

飞机在气流里颠簸着，郑桐抱紧怀里用皮箱装着的文件，他的心似乎并没有在飞机上，目光呆滞散乱。坐在他身旁的汪兰是保密室电报组组长。两个人都很年轻，坐在一起样子也很般配。这架飞机上，只有这两个军人，他们的举手投足和这些家属就有了明显的分别。

梁晴坐在机屋的角落里，似乎在望着这些唧唧喳喳的家属，又似乎什么也没看。

都夫人张立华偎着身子过来，上了飞机她还穿着高跟鞋，人就很不稳，有几次差点摔倒，但还是走过来，坐在梁晴身边，旗袍的衩开得很靠上，张立华白花花的大腿暴露出来。张立华就白花花地说：妹子，别人都高兴，你也该高兴，咱们到了台湾就安全了。咱们的男人还在前线卖命，我们也是光荣军属，党国会把我们安排好的，妹子，放心吧。

梁晴冲张立华笑一笑。她对眼前这个女人说不上反感也说不上好感。在南京时，梁晴就认识张立华，那会张立华还没有这么胖，一有机会就去上海，每次回来都会买回一堆花花绿绿的衣服，然后不知疲倦地展示这些衣服。她经常模特样地走在保密局的院子里，顾影自怜，向碰到的每个人问：看我这衣服漂亮不？

在梁晴的眼里，张立华只是个花瓶级人物。到了重庆后，她也爱穿旗袍，于是张立华就经常露出白花花的腿在众人面前招摇。没事的时候她经常把保密局的家属们凑到一起，打几圈麻将，然后扭着身子上街买菜，回来之后，就怒斥着飞涨的物价。总之，张立华是个爱热闹的人，闲不住的人。

张立华对梁晴这么说，梁晴只是冲她笑笑，更紧地把孩子抱在怀里。

飞机终于降落了，机场驶来两辆车。一辆车先把郑桐和汪兰接走了，车上还有两个持枪的警卫，护送着保密局的文件，连同两个人，剩下的一辆大卡车拉走了这些保密局的家属们。

张立华因为穿着旗袍上不去卡车，便站在机场骂开了大街：没良心的东西们，我们的男人还在前方卖命，你们就这么对待我们，这车是拉人的吗？是拉猪的，我不坐。你们要派专车来，我男人好歹也是上校副站长。

没有人理她，那架刚落下的飞机，仓促地加满了油，又轰鸣着飞走了。又有一架飞机轰响着降落，机场和重庆机场一样成了混乱的集市。

车都缓缓开走了，绝望的张立华才张着手爬上了车。

她们这些家属被拉到靠近台北郊区的一排房子里。这是一排刚建好的房子，泥腥气还没有散去，房子的格式都是一样的，每户门前都写着号码，有点像监狱的牢号。这片临时搭建的房子后来被人称为眷村。当时的台湾修了许多这样的眷村，都属于临时建筑，当局似乎没有作永久性考虑，他们想的是，会很快再打回大陆去。没想到的是，他们再也回不了大陆了，一住就是几十年。当然这一切都是后话。

张立华和梁晴被安排成了邻居，一个门里两间房，一个里间一个外间。这就是她们以后的家了。

安顿好没多久，张立华就跑到梁晴这边来，看着低矮的房顶，窄小的空间，她就骂东骂西的，称这里简直不是人住的，是猪窝鸡舍。堂堂的军官家属怎么能住这样的地方。他们的男人还在前线卖命，就给她们这个待遇，扬言要到“国防部”去讨说法。

一走进这房子，梁晴就意识到，自己和孩子被敌人软禁了，也就是说，她和孩子成了敌人手里的人质，这时她就想到了秦天亮。在重庆最后一段时间里，上级曾让他们得到国民党潜伏人员名单，直到最后他们也没得到那份名单。

在飞机上保密室主任郑桐一直抱着一个箱子，她知道那份潜伏名单和众多机密文件都在那个箱子里。当飞机起飞时，她一直希望飞机坠落，那样，这些机密文件有可能散落下来，说不定就会落到我方人员手里。飞机遇到气流时，左右摇摆，许多人都是第一次乘坐飞机，她们大呼小叫，梁晴在心里也叫了，闭上眼睛等待飞机坠毁的那一刻，她本能地抱紧怀里的孩子。然而飞机并没有降落，当飞机穿越过大陆上空，离开福建，飞过台湾海峡时，她彻底绝望了。

接下来的日子，不断地有消息传来，重庆已经落到共产党手中，成都失守，西南的残军节节败退，现在就剩下一个海南岛了。当消息一波波传来时，梁晴意识到，秦天亮不会来这里了，他仍在大陆。包括重庆站那些男人们，没有一个回来的，也就是说，他们成了潜伏人员。

秦天亮现在做什么呢？他见到自己的人了么？他是甘愿做敌人的潜伏人员，还是找到了组织把一切都说了？

梁晴对这一切都不得而知，她只能抱着小天站在窗口，望着天边。那段时间，许多保密局的家属，还有好多别的部门的迁到这里的家属，都学会了这种守望。他们魂不守舍，拖儿带女的，引颈向南方张望。那里是大陆，那里还有他们的丈夫和父亲。有许多孩子，一遍遍地喊着父亲……

小天也在喊父亲，他一遍遍地喊，也在一遍遍地问：爸爸什么时候来找咱们呀，我想爸爸……

梁晴听着孩子的问话，她孤独的心便更加孤独，像一只飘在半空中的风筝，无依无靠。

这段时间，张立华经常走出家门，串了东家串西家，每次她来串门，都会带来些最新消息。

她说：重庆失守了，成都也完蛋了，咱们男人回不来了，被共产党人抓住枪毙了。

说完这些消息后，张立华就鼻涕一把泪一把地哭。哭丈夫，也哭自己的寡妇身份。哀哀的，她的整个情绪影响到了许多保密局的家属，她们也一副惶惶不可终日的样子。

梁晴并没有加入她们的哀号之中，她有比她们更为担心的事：她和孩子是他们的秘密人质，秦天亮得为他们卖命。现在她和孩子还完好地存在着，也就是说，他们在掌控着秦天亮，既然掌握着秦天亮，组织就会多一份危险。秦天亮是组织派到敌人内部工作的地下党，重庆解放了，秦天亮就会成为一名地上人员，组织还会重用他，交给他新的任务，如果秦天亮为他们做事……梁晴想到这里，无论如何也无法安静下来。

她和小天在台湾越安全证明秦天亮越不安全。她后悔最后时刻，没从飞机上跳下去，如果，那会她抱着小天从飞机上跳下去，一切都一了百了了。舱门关上的最后时刻，她想过要跳下去，可她看到地面上的秦天亮平静的样子，又打消了这个念头。机舱门关上的一瞬间，她看到秦天亮似乎冲她和孩子笑了一下。也就是在那一瞬，机舱门隔开了两个世界。

她和小天无疑成了人质。这几天来，"人质"这个字眼千次万次地在她脑海里浮现。她和孩子不能成为人质，她要抗争一次。她想到了死，可她一想到两岁的小天，就无论如何下不了这样的决心。她是孩子的母亲，自己死了，如果孩子还在，孩子还会成为人质，除非她和孩子一起消失。结束孩子的生命，她作为母亲又如何下得去手。

梁晴就这样被矛盾深深地困惑着。

这几天，她一连做了几个相同的梦，她梦见秦天亮被五花大绑起来，站在刑场上被执行死刑，他的背上插着一块牌子，上面写着：特务，叛徒。

她在人群中呼喊着：秦天亮不是叛徒！

哭着喊着奔跑着，她跌倒了，于是就醒了。现实中的梁晴也真实地哭过了，泪水早就打湿了枕头。梦中醒来的她无论如何也睡不着了，过往的点滴回忆一幕幕地在她眼前展现。在校园里她和秦天亮初次相识，他们一起参加学生运动、游行、写标语。在秦天亮的介绍下，她在党旗下宣誓，然后两个人又一起打入保密局……

回忆的伤痛在她心底里弥漫着，秦天亮在她的心里是一个坚强的革命者。现在的秦天亮会不会为她们娘俩成为人质而开始动摇，成为人民的敌人？

在这时，她突然想到了自己的姑姑，那个死了丈夫的遗孀。前一阵她听张立华说，姑姑早就来到台湾了，住在“国防部”家属院里。此时的姑姑成了她的救命稻草，她想在姑姑那里打听到一星半点关于秦天亮的消息。

一天，她抱着孩子就找到了“国防部”家属院，这个家属院不是眷村临时建筑，但也破败得很。她找姑姑并没有费太多的力气。姑姑住在阴冷潮湿的两间平房里，神态已经淡漠了，她在墙上供奉了佛像，在佛像前燃起了香烛，整个房间就被一缕香火气缠绕了。

姑姑看到她似乎并没有多吃惊，默默地从她怀里接过小天，抱在自己的怀里逗弄着。姑姑仰起脸说：你小时候也这样，第一次回老家时，见到你也这么大。

梁晴对姑姑这种家常似的对话并不感兴趣，她望着姑姑说：你知道天亮的消息么？

姑姑把孩子还给梁晴，望着佛像淡然地说：好多人都留在大陆了，他们的命运要么是战死，要么就是被抓住。你姑父是军人，他为党国效忠了，天亮也是军人，他留在了大陆……

她望着眼前的姑姑，姑姑的命运并不比自己好到哪里去，现在的姑姑已经把自己关闭了，沉浸在自己一半是鬼一半是人的世界中。她抱着孩子梦游似的离开了姑姑的家。

回到眷村她迎面遇上了张立华。她叫了一声：都太太——

张立华穿了件旗袍，大腿仍然露出很多，她手里提着两棵青菜，一边和梁晴打着招呼一边抱怨道：这是什么破地方，还让不让人生活了，两棵青菜要阿拉半个旗袍的价格，乌龟壳一样的小岛，还反攻什么大陆呀，让我看，这就是痴心妄想。

梁晴望着张立华，心跟着一颤一颤的。

梁晴半晌问：都太太，有都站长的消息么？

不问这个还好些，一问到这些，张立华立刻摆出一副欲哭无泪的样子道：我们男人都当炮灰了，我们这些家眷们还在这里吃苦受罪，你说这世界公平么？

说着说着张立华就开始呼天抢地了。

张立华的哭声，让梁晴的心战栗不止。她身在台湾，孤苦伶仃，她不能为革命做什么，但她决不能拖了秦天亮的后腿，敌人想让她和小天成为人质，以此来要挟秦天亮为他们做事。不能让敌人的阴谋得逞，在这一瞬间，自杀的念头装满了她的脑子。她又想到了小天，这是她最放心不下的。她也想到了姑姑，不管姑姑好与坏，毕竟是她和小天在台湾唯一的亲人，如果她死了，姑姑不能不管小天。一个孩子料定敌人也不会把他怎么样。

想到这，梁晴坚定了自杀的信念，既然活着不能让自己和秦天亮解脱，那就死吧，自己解脱了，也许丈夫秦天亮也会解脱了。

梁晴想完这些，便用床单系了个扣，搭在房梁上，然后她搬来了一只凳子。当她把头放到床单上时，她看了眼孩子，颤着声音说：孩子，妈妈追求真理去了。天亮，你一定不要背叛组织。

说完便把头放进了那个扣里，脚下的凳子倒下了。凳子倒掉的声音惊动了小天，小天醒了，看到妈妈如此这般，吓坏了，便疯了似的叫喊起来……

小天的哭声惊动了张立华，她跑了过来，看到了悬在房梁上的梁晴，她大叫了一声扑过去。

梁晴得救了，但梁晴自杀的消息传到了“国防部”，也传到了保密局。

梁晴自杀未遂，这种情绪在眷村传开了，这些活寡妇们似乎一下子找到了突破口。她们抱着孩子，找到了“国防部”，在“国防部”门前静坐，口口声声要自己的丈夫。

保密局这些家属们闹事，最先惊动的当然还是毛人凤，他不得不出面了。他让人把这些家属让到一间大会议室里，这里是平时他们密谋阴谋的地方。

毛人凤和在大陆时相比似乎瘦了一些，他站在那里，望着众家属们，先是深深地鞠了一躬，然后才说：各位太太，你们知道党国现在正处在危难之中，你们的丈夫，还有我们许许多多亲人，的确留在了大陆，他们在执行委员长反攻大陆的命令。他们都是有功之臣，你们作为家属也功不可没，党国会为你们记上一功的。

张立华站起来说：局长，我们不想要功，我们只想要自己的丈夫，这种守活寡的日子我们受够了，我们要丈夫——

许多家眷也一起喊：我们要自己的丈夫回来，让他们回来——

毛人凤做着手势，好半晌才把众人的声音压了下去。

毛人凤威严地扫了大家一眼道：你们不是想要自己的丈夫么，没有国家哪有你们的小家，现在我们的国家都没了，你们还想要你们的丈夫？如果真想要，你们就好好回去等着，等我们反攻大陆成功了，我们会离开台湾，到大陆上和你们的丈夫团聚去。要是大陆夺不回来，别说和你们的丈夫见不到了，我们许多留在大陆上的家人都见不到了，我们统统会被共产党消灭，何去何从你们好自为之吧。

毛人凤说完便转身离去，留下这些家属和孩子，她们大眼瞪小眼，一时间整个会议室里鸦雀无声。她们不懂政治，也不懂战争，她们唯一的想法就是要回自己的丈夫，但被毛人凤的气势震住了。她们面面相觑，一时没了主张。

郑桐，此时已经是保密局的处长了。他出现在众人面前，拱着手说：各位夫人，各位嫂子，弟弟在这里给你们赔礼了，你们回去吧，这里是“国防部”，还有好多大事要办。日后你们的生活有什么困难，尽管找我，我一定尽力让大家满意。

郑桐这位昔日重庆站保密室主任，许多人都认识他。她们的丈夫不在了，这个男人还在，一时间，仿佛她们又见到了自己的丈夫。很多人过来围住郑桐，有的叫处长，有的叫主任，便乱打听一气。

张立华拉过郑桐的胳膊道:郑主任,我家老都在大陆时对你怎么样你自己心里可清楚,你今天说句实话,我丈夫现在到底怎么样了?

很多女人也围过来七嘴八舌地议论着:郑处长,你说说我们丈夫,他们到底还在不在了?

郑桐望着众人,慢条斯理地说:我郑桐以我人格担保,他们还在,都好好的,他们都在大陆,准备迎接反攻大陆。

张立华又说:郑主任,大话可不能乱说。我们在大陆都打不过共产党,来到台湾我们就能打过共产党?你这话是骗三岁孩子的。

张立华这个女人的话,让郑桐一时无语起来。

江水舟的夫人,那个叫王小妮的女人说:除非美国人帮我们。

众人就又一叠声地问:美国人到底帮不帮我们,我们何时才能回大陆?

郑桐似乎从来没有见过这种场面,他的汗都下来了。

他一边擦汗一边说:这是秘密,到时你们就会知道的。

汪兰这时过来给郑桐打圆场道:郑处长还有公务在身,局长叫他有任务。我负责把大家送回去。

郑桐这才得以脱身,他慌慌张张地落荒而去。

梁晴回到眷村后,她猛然想到了一个非常严肃的问题,自杀没有成功,自己目前是死不起的。

那天汪兰把她们送回去后,汪兰特意尾随着梁晴来到她的家。对于汪兰,梁晴并不陌生,她是昔日重庆站的电报组组长,秦天亮的同事。郑桐一直在追求汪兰,汪兰一直回绝着郑桐,郑桐有一次曾求过秦天亮,想让秦天亮从中帮忙,劝说汪兰。

秦天亮有一天让梁晴做了一桌饭菜,专门把两人找到家里吃了一回饭。饭后秦天亮特意把汪兰留下,问过汪兰对郑桐的感觉。那一次汪兰摇着头说：秦科长，我现在不想谈婚论嫁。

秦天亮见汪兰这么说，便笑一笑道：郑桐可是个好人。

汪兰也笑一笑：谢谢秦科长。

这事也就过去了。

汪兰每次见到梁晴都会礼貌地叫一声：嫂子——

两人有时说点家常话。汪兰给梁晴的印象，这姑娘很清高。据说汪兰毕业于南京国民党电讯学院，她能发一手好电报，也受过特殊的训练，最后才到保密局工作的。鉴于她的背景，很多人都有许多猜测，有人说她是国民党某元老的女儿，也有人说，她有美国背景，总之，汪兰是个很有来头的人。因此，汪兰的清高也就在情理之中了。她对郑桐不动心思，也就可以理解了。

汪兰走进梁晴的家，打量一眼屋里的陈设，她轻轻叹了口气，然后叫了声：嫂子——

梁晴回头望着汪兰。

汪兰说：嫂子，干吗那么想不开，我知道你和秦科长平日里感情很好，大家都这么过。要是你不在了，有一天秦科长回来了，他该多伤心，你不想自己，也该想想孩子。

梁晴沉默半晌冲汪兰道：妹妹，谢谢你。

汪兰说：在大陆时，秦科长平时对我不错，他现在不在，以后有什么事尽管找我。

汪兰说完就走了。

梁晴望着汪兰远去的背影，有种想哭的感觉，她现在是生不能，死亦不能。她突然想到一个问题，如果自己死了，敌人封锁消息，身在大陆的秦天亮如果不知自己的处境，那就是白死了。想到这，她终于清醒过来。清醒的她，面对着眼前的现实，又重新进入了一轮煎熬之中。接下来，她只能在煎熬中坚持了。活着也许就是种胜利，在接下来的日子里，她不时地用这句话激励着自己。

梁晴在那一刻打定主意，她不能死，她要工作。台湾方面现在正在抓紧做着反攻大陆的准备，关于国民党这方面的情报，显然大陆是奇缺的，这时能为组织做点事，也是她的责任和义务。

想到这，梁晴浑身又充满了力量。自杀未遂，仿佛她又获得了重生。她是组织上的人，虽然现在脱离了组织，但她仍然要战斗下去。为了新中国，为了秦天亮，还有她自己，她要工作。这么想过之后，崭新的梁晴诞生了。

地上

以前的江水舟此时的周江水带着助手朱铁已经无路可去了，成都的冒险之旅，差点让他落入解放军手里。成都待不下去了，他只能回到重庆，这是一个大胆的设想，从地下转到地上，看似冒险，也许是最安全的一种办法。他的这份信心来自于秦天亮。

在撤离重庆的最后时刻，他们没想到手里会多出一张王牌。按照都副站长和江水舟的理解，秦天亮既然是地下党，在最后时刻被抓捕，理应受到制裁。毛局长毕竟技高一筹深谋远虑，只轻轻拨弄一下棋盘上的棋子，这招看似死棋的棋子一下子就活了，而且还派上了大用场。

秦天亮的存在，让江水舟有种踏实感，他带着助手朱铁几乎是大摇大摆地走进了重庆。在进入重庆时，江水舟和朱铁无一例外地受到了盘查，江水舟早就做好了身份证明，加之两人对重庆的熟悉，他们并没有费太多的周折就回到了重庆。

两人是在傍晚时分敲开秦天亮家门的。在这之前，他们已经观察了许久。直到秦天亮回到家，燃亮了灯火，敲门声才响了起来。

秦天亮以为是王百荷又给他来送吃的。最近一段时间，王百荷经常把做好的饭给他送过来。他打开门，第一句话就是：百荷，我正做饭呢。

江水舟和朱铁两人就出现在他面前，江水舟叫了一声：表哥你还好吧？

说完带着朱铁就走进来，朱铁弯下腰也叫了一声：表哥好。

秦天亮很快把门关上了。他腰上还系着个围裙，又手忙脚乱地把围裙解下来。

江水舟冲秦天亮说：表哥，表嫂不在你身边，让你辛苦了。

提到梁晴，秦天亮心里咯噔一下，自从梁晴和孩子离开重庆，关于梁晴和孩子的消息他还只字未得。

江水舟打量着房间，啧着嘴道：表哥，还是原来的老样子，屋里就缺了个女人。我和铁子混得不好哇，到现在连个窝还没找到。

秦天亮望着两个人一直没有说话，自从他在重庆站和老都、江水舟等人分手，他差不多是最后一个离开重庆站的。那时，重庆站一个人也没有了。他们的去向，对秦天亮来说一直是个谜。

秦天亮预感到，他们迟早会找到他的，没想到这么快就来了。他望着江水舟问：你们想干什么？

江水舟做出一副漫不经心的样子，打量着周围说：表哥你现在是军管会的处长，前途无量，今天来呢，我们兄弟俩向你报个到，以后在重庆还请表哥多关照。

正在这时，秦天亮的房门被敲响了，一下紧似一下的敲门声让江水舟和朱铁惊愕地站了起来。江水舟望着秦天亮，把手伸到衣服口袋里。江水舟小声地说：你小子这么快就报告了？

秦天亮没理江水舟，一步步向门口走去。王百荷大声地在外面喊：天亮，天亮快开门。

秦天亮把门打开，王百荷端着一碗热气腾腾的馄饨站在门口，她向屋里探了一下头。

江水舟和朱铁已经坐了下来，两人还点了支烟，冲王百荷微笑着点头。

王百荷就说：天亮，来客人了？

秦天亮把馄饨接过来，说了声：百荷，谢谢你。

王百荷就说：那我再帮你做两碗去。

说完,放下碗转身就走了。

秦天亮走回来,把那碗馄饨放到茶几上,馄饨还冒着热气。

江水舟和朱铁站起身,把烟灭掉了。

江水舟说:表哥,我们就不打扰了,改日再登门拜访。以后两位兄弟的事,还请表哥多多照顾。

说完两人就走到门口,拉开了门。朱铁转过身说了句:表哥,你就别动了,快吃饭吧。

说完两个人神秘地消失在楼道里。

秦天亮站在那里,好半天没缓过劲来。门外又一次响起敲门声,秦天亮打开门,王百荷端着两碗馄饨又出现在他面前。

王百荷一边笑一边说:秦处长,让客人们吃饭吧。

她再往屋里探头时,屋里已经空了,王百荷疑惑地说:怎么,客人走了?

秦天亮勉强笑一笑说:来了两个亲戚,他们刚到重庆来,就是认认门。

王百荷端着两只碗不知是进好还是退好,最后她还是走进来,把碗放到桌子上道:天亮,那你就都吃了吧。我亲手包的,放了大馅。

说完她就转身走了出去。

秦天亮望着三碗冒着热气的馄饨,似乎又听到了敲门声,待他站起来时,敲门声又消失了。他打开门,整个楼道里安安静静的一个人也没有。

他关上门,把身体靠在门上,长吁了一口气。

那天晚上,秦天亮一直没有睡踏实,他不停地在床上辗转着,后来干脆拧开了台灯。床头柜上放着一家三口的合影照片,他的胸前站着梁晴,梁晴怀里抱着孩子,他们幸福地微笑着。他不敢正视梁晴和孩子,把照片翻了过去。他慢慢地合上眼睛,两滴泪水从他的眼角流了出来。

第二天上班时,他仍然显得心不在焉。王百荷走过来,看了他一眼关心地说:天亮,你昨晚是不是没睡好?

他冲王百荷笑了笑说：没有哇，挺好的。

王百荷露出关心的神色说：天亮，你最近工作太忙了，自来水厂的事你就别管了，我带人去调查吧。

前两天自来水厂有人投毒了，好几百人中毒，还有几个人没有抢救过来。一时间重庆的大街小巷都在谈论这件事，好多市民不敢再喝水管里的自来水了，有许多人去郊区背水喝。一时间闹得鸡犬不宁，人心惶惶。秦天亮正在着手和公安局的人一起破这个案子，还得安抚市民。

这件事还没查出眉目，江水舟和朱铁就出现在他面前。两人的出现打乱了他平静的生活。他知道自己的身份就是一颗定时炸弹。梁晴和孩子坐上飞机那一刻，他就知道，他的命运将就此发生改变。没想到的是，这么快就来了。

在办公室的楼道里，秦天亮下意识地走到马部长办公室门前。马部长正在接一个电话，并作着指示。他想敲门，举起来的手又放下了。

少顷，马部长风风火火地从办公室里走出来，看见了立在门口的秦天亮。

马部长说：天亮，有事？

秦天亮摇摇头，一副欲言又止的样子。

马部长发现了什么似的说：天亮，你的脸色怎么这么差？

秦天亮说：还不是自来水厂投毒案闹的。

马部长问：案件进行得怎么样了？

秦天亮说：刚抓了两个嫌疑人，他们还没有招。

马部长说：抓紧审讯。自来水关系到重庆市的千家万户，这个案子不早日给人民一个交代，社会就没法稳定。天亮，你亲自抓这个案子我放心，有什么进展向我汇报，我要到市里参加一个会。

马部长说完就匆匆地走了。

秦天亮冲马部长的背影说：部长，我会处理好的。

江水舟来到了新源客栈，这是他们的一个联络点。重庆解放后，这个点并没有撤，仍作为他们的一个点。

客栈掌柜的是一个四十多岁的中年人，满口讲着重庆话，见人先笑上三分。

江水舟出现在客栈时，掌柜的老罗一下怔住了，但转眼就说：客官，是吃饭还是住店？这是他们接头的暗语。

江水舟和老罗是认识的，在重庆站很少有人知道这个联络点，都副站长和江水舟是少数中的两个人。发展这个联络点时，就提防着中统那些人。当时中统的人也在秘密地收集保密局一些情报，然后就狗咬狗地乱咬一气。没想到，现在会派上用场。

老都和江水舟也说过，这个点只有他们两人联络时才启用。

江水舟就冲老罗说：我们累了，歇歇脚。这也是一句暗语。意思是在这里说几句话，很快会离开这里的。老罗一闪身推开了一个小包间，轻声说：这里请。

江水舟转身走了进来，朱铁留在外面望风。老罗把包间的门关上，有些气喘地问：江主任你怎么来了？

江水舟说：我现在叫周江水。

老罗顿了一下道：明白！

江水舟说：我现在和一号失去联系了，要马上见到一号。

一号就是老都的代号。

老罗顿了顿说：一号说了，不到迫不得已，他不见任何人，外面现在查得紧，到处都在抓人。前两天自来水厂有人投毒，好几百人中毒了，现在他们正在查呢，满大街都戒严了。

江水舟笑笑道：越乱越好，看来一号并没有闲着，干得好。

江水舟望着老罗说:我马上要见到一号,时间地点由他定。

老罗看了一眼江水舟,转身出去了。

江水舟和老都是在一所寺院里见的面,两个人以香客的身份走进寺院,在一座香炉前,两人点香借火。

老都看了眼江水舟。

江水舟小声地说:成都这条线断了,我只能回来了。

老都叹口气:我知道,我和成都一直联系不上,就知道出事了。

江水舟又说:我见到秦天亮了。

老都抽了口气:他是我们重要的一步棋,不要过早暴露,对他对我们都没好处。

江水舟:我是想试探下这小子的虚实,咱们心里还是早些有数好。

老都:对他我心里有数,以后没我的命令不准找他。

江水舟:明白了,一号,下一步我该怎么办?

老都举着香拜着佛像,样子虔诚得很。

江水舟也在老都的身边跪下来。

老都说:先潜下来,以后你直接听从我的安排。

江水舟磕了一个头道:一号,明白。

江水舟站了起来,退出去。

老都还在那跪着,闭着眼睛,嘴里念念有词。

直到江水舟在寺院里消失了,老都才走出来。

水事件

一百多名居民中毒，发生在一个小区里。第二天，这两个小特务如法炮制，到另外一个小区的水塔上投毒时，便被联防的军民抓到了。两个小特务，一个姓胡一个姓马。他们被抓到后，军管处便负责审讯。刚开始，军管会并没有把这两个小特务放在眼里，由王百荷和公安局的另外一个同志去审问胡、马二人。

胡、马二人拒不承认自己是特务，只是说对社会不满才投的毒，别的就不再承认了。任凭王百荷拍桌子打椅子，两个小特务闭着眼低着头就是一声不吭。如果胡、马两个小特务不交代自己的身份，对平息事态和揪出他们背后的团伙很不利。

王百荷没审出结果，就一头雾水地找到秦天亮，垂头丧气地说：秦处长，我没有手段，连两个小特务都审不了。

说完，王百荷就像一个做错事的孩子似的立在秦天亮面前，秦天亮看着王百荷，经过这段时间的接触，他已经喜欢上这个心直口快的下属了。王百荷不仅心直口快，作为邻居还无微不至地关心他，照顾他，让秦天亮心存感动。秦天亮看着泄气的王百荷，拍拍她的肩，柔和着声音说：审不出来就再审，没什么大不了的。

王百荷一脸感激地望着秦天亮。秦天亮笑了笑，冲王百荷说：准备审讯吧，我来审。

胡、马这两个小特务被带了出来，审讯地点是关押小特务的另外一个房间。秦天亮对这里并不陌生，当初他被老都等人抓起来时，也是被关在这里。他一走进审讯室，便有了一种时光倒错的感觉，他脑子里马上闪现出那天晚上的情形，那天他做好了一切准备，从打进敌人内部那一刻起，他就做好了面对一切的准备。

他坐在桌子后面，身旁坐着王百荷和公安局另一位同志，胡、马两个小特务就被人带了出来。

刚开始这两个小特务头都不抬一下，一副死猪不怕开水烫的样子。

秦天亮望着眼前的两个小特务，有种似曾相识的感觉，但又想不起来在哪见过，他想遍重庆站所有人的模样也没有对上号。

秦天亮就威严地喊了一声：抬起头来。

他这一声喊，让两个小特务下意识地把头抬了起来。他们的目光瞬间和秦天亮的目光交流在一起，出乎所有人的意料，这两个小特务抬起头来后，再也没有把头低下。他们的目光一直追随着秦天亮。

秦天亮说：说吧，你们到底是哪部分的？

凭直觉，秦天亮觉得这两个人不是保密局的人。以前保密局那些人，他都有印象，就是那些单线联系的人，他多少也有些印象，刚才在很短的一瞬间，他把所有接触过那些在外围给保密局干过事的人都回忆了一下，仍然和眼前这两个人对不上号。这么多年地下工作的经验，练就了他超凡的记忆力。

两个小特务仍不开口。

王百荷就说：我们的政策是坦白从宽，抗拒从严。

其实这句话不用她说，墙上早就贴上了这条标语。王百荷无非是又把这句话重复了一遍。

胡姓的小特务，转了转眼睛说：长官，你们说这话是真的？

王百荷又说：当然是真的，你们拒不交代只有死路一条。

两个小特务交流了一下眼神。

秦天亮拍了下桌子道:你们说吧。

姓马的就提出了一个要求:那我们找你们最高长官说话。

王百荷和秦天亮也对视了一下眼神,王百荷就指着秦天亮说:秦天亮是我们处长,他就是我们最高首长。

姓马的低下头。

王百荷就说:怎么不说了,哑巴了?

姓马的又说:他不是最高长官,我们的秘密只对你们最高长官说。

秦天亮站了起来,冲王百荷说:王科长,咱们先走。

他们把这一情况汇报给了马部长,马部长很快来到了审讯室。陪同马部长来的仍然是王百荷和秦天亮。这次马部长坐在主审的位置上。

他们看了眼马部长,马部长就说:我就是这里的最高首长,你们有什么就说吧。

两个人的目光又一同转到秦天亮的身上,秦天亮的心里一紧,他意识到有事情要在自己身上发生。

两个人说:让他出去。

他们用手指着秦天亮。

秦天亮坐在那里没动,他望了眼马部长。

马部长说:为什么让他出去?

两个小特务又低下头,不言声了。

马部长就冲秦天亮点点头。

秦天亮站起身走了出去,他走到门口时回了一次头,他的目光正好和马部长的目光碰在一起,马部长又微微点了一次头。

外面的门被关上了,屋里的光线就暗了一些。

马部长说:他出去了,你们说吧。

两个人就跪下了,一边磕头一边说:长官,我们交代了,真的会宽大我们?

王百荷就又把政策重复了一遍。

两个人抬起头来说:那我们交代,刚才坐在这里的人叫秦天亮是不是?

马部长点点头。

两人又说:这人我们认识,他是保密局的人,是个科长,到我们军办过案子,我们都认识他。

马部长说:这事和你们没关系,交代你们自己的问题。

胡特务就说:他就是潜伏在你们中间的特务。

马部长拍了一下桌子道:秦天亮的事我们知道,不要胡咬。

姓马的特务仰起脸来说:他真的是保密局的人,在沙坪坝机场,他们送他们的家眷去台湾,就是我们军戒的严,我们亲眼看见他把自己的老婆孩子送上了飞机,他自己留了下来。

马部长和王百荷对视了一眼。

王百荷拍一下桌子道:你们胡说,秦处长的家属和孩子被流弹炸死了,他还送什么家属孩子?

马部长不动声色地问道:他送家属你们真亲眼所见?

两个人就磕头如捣蒜地说:不敢隐瞒长官,他们保密局的人送家眷,我们在机场戒的严,这事千真万确。

马部长说:那你怎么能断定秦天亮送的就是自己的老婆孩子呢?

两个人说:他们还说话来着。

姓马的特务翻着眼睛想了想,道:那个孩子还喊他爸爸,叫得人心里发酸,当时我都差点掉泪。

王百荷就一拍桌子:胡说八道,飞机下站了那么多人,你敢说那就是他的老婆孩子。

王百荷这么一问,两人也不敢较真了。两人你看看我,我看看你,喃喃嘀咕着:反正我们在机场看到他来送人了。

马部长说:你们说的秦天亮的情况,我们都知道了,说说你们自己的事吧。

两个人都是陆军留下的两名排长,他们没有机会逃到台湾,被编入救国军的队伍中。他们的任务是,化装成老百姓打游击。那时没来得及撤走的部队,大都是这样一种结果。树倒猢狲散,解放军还没进城,那些当官的就不知逃到什么地方去了。剩下他们这些小兵,也学着长官模样换上了老百姓的服装,藏匿了下来。

两人在街上看到了特务撒的传单,那上面有奖赏,杀死一个共产党的干部奖多少钱,爆炸一次奖多少钱,条条件件的,讲得很清楚。两个人以为发财的机会到了,他们没有机会也没有胆量做惊天动地的大事,于是就在私人药店里买了些毒药,撒在小区的水塔里,以为这样就会领到奖赏。没料到的是,他们没得到奖赏,却落到了人民的手中。

马部长并没有在两个小特务身上找到什么有用的线索，案子也并不复杂,他向王百荷交代了几句,便离开了审讯室。

他在审讯室外看到了等在那里的秦天亮。秦天亮倚在墙上吸烟,看见马部长,他把手里的烟掐掉,走了过来。

马部长拍拍秦天亮的肩膀,安慰道:没有什么,这两个人认识你,说你是保密局的特务,他们想立功。

马部长说完笑了笑,秦天亮也笑了笑。

那两个小特务经过公审,因为有人命在身,还是被判了无期徒刑。公审时游街示众,好多人都看到了两个小特务的下场。

闹得沸沸扬扬的水事件暂时告一段落,人民群众又放心地用水了。

马部长并没闲着,那天审问完之后,他调出了秦天亮的档案,那张夫人和孩子遇难的照片从档案里滑落出来。马部长又拿着那张照片研究了好久。照片很清晰,两人遇难的样子却很模糊。最后,马部长还是轻轻地把照片放回到档案中。

在一天晚上，马部长来到了秦天亮的家里，他提了一瓶酒，还提了一些小菜。当马部长敲开秦天亮房门时，秦天亮吃惊地说：部长，你怎么来了？

马部长晃了晃手里的酒道：陪你喝两杯，说说话。

两人一边喝酒一边说话，他们从长沙搞地下工作讲起，又说到梁晴入党的事，还说到秦天亮和梁晴的地下恋情。

马部长就说：天亮，要不是梁晴有着这样特殊的身份，你要不是和梁晴正谈恋爱，组织上也不会让你们打入敌人内部。

提起梁晴，秦天亮的心里又不好过起来，他闷闷地喝了几口酒才说：部长，别说这些了，干地下工作，我秦天亮从来没有后悔过。

两人又说了些别的，马部长打量着冷冷清清的房间说：天亮，梁晴牺牲了，你现在剩下一个人了，新中国都成立了，你也该开始新的生活了，成一个家吧。

秦天亮低着头说：马部长，你是看我成长起来的人，也是我入党介绍人，只要有工作我就不觉得冷清，个人的事以后再说吧。

马部长也就哈哈笑一笑，他话锋一转道：当时重庆站的家眷撤到台湾时，你也去机场送行了？

秦天亮怔了一下，但还是马上回答：刚开始我并不知道是去机场送行，当时把我们集合起来，以为是去执行任务，到了机场才知道原来是给那些去台湾的家属送行。

马部长说道：你昔日那些同事都留在了重庆，看来我们以后反特的工作还很艰巨啊。

秦天亮点了点头，脸色也随着马部长而凝重起来。

马部长当天又回到了办公室，打开保险柜，取出一份名册。那是一份国民党撤离大陆前，由我方地下组织另外一条线索得到的留守大陆人员名单，那上面清楚地写着秦天亮的名字。

秦天亮的代号是蜂王，那个人的代号为母后。两人都是单线和我方联系。两个人的身份，他们互相并不知晓，这也算是保护自我的一种纪律。

马部长端详着这份名单，拿出笔把秦天亮的名字涂去，直到看不清本来面目为止。

汪兰　郑桐

马部长也并不知道母后是谁，他只知道，母后由中央负责，母后的情报也只传给中央一级组织。

母后是中央发展的内线。在犬牙交错的情报网里，都是单线联系，这也是为了安全考虑。因此，每级情报网络，都有着严格的规定。

汪兰就是母后，她是重庆人，当年在重庆陆军学院电讯专业学习时，就加入了地下党。那会儿延安的革命形势一派大好，她是向往延安生活的少数陆军学院学生之一。她最初的设想是毕业后投奔延安，可她毕业时，周恩来亲自指示，让其留在重庆，打入敌人的内部，为革命工作。

后来她考入了保密局重庆工作站，成了一名电报员，后来又升任电报组组长。她是站在第一线的情报员。

重庆解放前夕，是她把留在重庆的特务名单传递给了上级组织。这差不多是重庆站最后一份秘密了，这份名单几乎包括了所有重庆站人员，除了她和保密室主任郑桐。如果不是因为有秘密文件要带回台湾，也许他们俩也会留在重庆。

她和郑桐离开重庆时，只有短短两小时的准备时间，这是汪兰所没有想到的。那会儿重庆站的电台，大部分都已经拆装，只留下一台和外界保持联络。兵败如山倒，重庆站也不例外，许多重庆站外围的工作人员，已经离开了工作站，换上百姓衣服，潜进这座城市的每一个角落了。

两小时的时间，老都命令她和郑桐不能离开办公室。这份情报就无法送出。在汪兰的宿舍里，床底下是有一台微型电台的，每次她发送情报，都是靠那部电台，也有几次情况紧急，她无法送出情报。

她没想到自己会去台湾，她以前盼星星盼月亮，盼的就是重庆解放，只有重庆解放了，她才能回到人民队伍中，生活在和平的阳光下。

可她盼来的结果却是去台湾，去台湾就意味着和解放区的日子隔绝了。这一情报无法送去，又得不到组织上的消息，她只能等待时机。办公室的门口有卫兵把守，就是去洗手间，也有女兵陪同前往。

都副站长的解释是，非常时期要有非常措施。

汪兰只能把唯一的希望寄托在自家阳台上那四只鸽子身上了。这是她送出情报的第二渠道，她养的四只鸽子，其实是信鸽。她把情报套在信鸽的脚上，信鸽会飞到指定的地方，情报自然有人去取。

她坐在办公室里就能望到对面的家属楼。阳台上笼子里，那四只鸽子在静静地等待着最后的指令。

与她同去台湾的保密室主任郑桐和她的情绪却截然相反，他觉得这次和汪兰去台湾，是上天赐给他的最好的机会。

郑桐三十出头的样子，军衔为中校保密室主任。郑桐是武汉人。武汉会战时，他还是一名少尉排长，一个排的人最后就剩下了他自己。武汉失守那天，队伍像溃堤的河水一样顺着大街小巷向后溃退，身后是日本鬼子的战车马队。

他想向父母做最后一次告别，家里还有个上中学的妹妹在照看父母。他在大街小巷里跑着，跑到了家门前那条熟悉的小巷，从儿时起他就在这条巷子里跑来跑去，这一切他再熟悉不过了，而眼前的一切让他陌生了。许多房屋已经面目全非了，日本人的炸弹快让这里成为了平地。

他寻找着门牌号码，看到了自家门楼朱家巷口三十八号。这是多么熟悉的数字呀，房屋不在了，门楼也摇摇欲坠。他冲进院门，看到堆满瓦砾的地面上有一堆血迹。顺着血迹，他看见了父母还有妹妹的尸体，他们已经被炸死了，他抱过父亲，又抱过母亲，最后，他把妹妹的一缕刘海缓缓挑起来，看到了妹妹那张美丽的脸庞。妹妹才十六岁，十六岁的花季就这样夭折了。他没有时间掩埋父母和妹妹，提着枪又跑出了巷子。在巷口他迎面碰到了一小队冲杀进来的鬼子，想躲已经没有时间了，他双眼充血，迎着鬼子就冲了过去。他手里的卡宾枪响了，卡宾枪里上满了子弹，急匆匆赶过来的鬼子没有料到在这里会碰到抵抗者，几个鬼子应声倒下。剩下的鬼子四散开来和郑桐对峙，就在这时，有两个中国军人冲过来，他们在后面射杀了鬼子。

三个军人站在一起时，他们从对方的眼神里读懂了一切。他们都看到了亲人的下场，他们双眼血红。

大队的日本鬼子冲了过来，他们这些散兵只能且战且退。

后来队伍进行了整编，郑桐作为武汉保卫战的有功人员，被送到了重庆陆军学院学习，毕业后，他一心想上战场杀鬼子替父母和妹妹报仇，却没能去成前线，他被分到重庆站成为了军统局的工作人员。后来军统又改成保密局，可以说他是重庆站保密局的元老了。他经历过重庆大轰炸，看到那么多无辜的群众被鬼子的飞机炸死，他又想到了父母和妹妹，他曾写过请战书要求去前线参加战斗，但都因以工作为重的理由没有被允许。

解放战争开始的时候，他再也没有请过战。当他得到一份又一份国军败退的文件时，他意识到，国民党的日子不会太远了。沉闷单调的生活，让他心灰意懒。

自从汪兰分到保密局工作后，他死气沉沉的生活有了转机。从那一天开始，他爱上了汪兰。

汪兰并不漂亮，但很有味道。女性的柔美就在这种味道中弥漫出来。从此，单调冷清的保密局工作，因为汪兰的到来，给郑桐带来了一抹曙光。

汪兰虽然在他领导下工作，但对待他的态度却是不冷不热的。汪兰好像和任何人都保持着一定的距离。在几天前，郑桐曾找到过汪兰对她说：重庆就要沦陷了，你有什么打算？

汪兰扑闪着一双眼睛望了他半晌，似乎没有明白他问话的意思。

他又问了一遍。

汪兰这回似乎听懂了，反问他一句：那你呢？

那时，上司正在拟定潜伏人员名单，郑桐意识到自己有可能被潜伏，他不敢肯定，但他还是说：最好咱们还能在一起。这是他的真心话。

汪兰当时笑了笑，笑得意味深长。他吃不准汪兰当时是怎么想的。

此时，两人接收到去台湾赴命的命令，郑桐可以说是心花怒放了，他不是为了去台湾，而是为了和汪兰在一起。如果命令上说，让他和汪兰留下来，他也会心花怒放的。

两人各怀心事地待在办公室里，等待两小时之后去机场。

郑桐不由得吹起了口哨，这两小时的等待过程中，郑桐既感到享受又觉得时间过得如此之快。

两小时之后，他们接到了出发的命令。都副站长同时把一只贴着封条的箱子递给了郑桐，看来，他和汪兰的任务就是带着这只密码箱去台湾。

两人在一队士兵的护送下，来到楼前，车已经发动了。许多保密局人员的家属也从家属楼里走出来，她们拖着大包小包，有人还带着孩子，行动都有些迟缓。

汪兰知道这是最后的机会了，她走到郑桐面前，低声地说：郑主任，我把鸽子放出来吧，这一走，没人再喂它们了，它们会被饿死，那也是生命。

郑桐莫名地想起了被炸死的父母和妹妹。他抬头看见汪兰宿舍阳台上那四只被关着的鸽子。汪兰养鸽子，这在保密局纪律严明、戒备森严的管控之中，实属一件意外之举。汪兰养鸽子是她向组织提出来的，她知道自己已深入敌人虎穴之中，危险会时刻存在，她以往传送的情报大部分都是通过电台。她是电报组组长，有这样的条件，可是到了关键时刻，电台无法用上，她便想到了信鸽这样的情报工具。

要想养这样的信鸽又谈何容易，她先在花鸟市场买来了几只鸽子，放在自家阳台的笼子里，很快便引来了人们的关注。江水舟把这一重大发现报告给了副站长老都。老都阴着脸领着江水舟和郑桐等人来了一趟。江水舟把鸽子笼打开，一个又一个地把鸽子抓出来，老都望着鸽子，就用目光去寻找汪兰。此时的汪兰眼泪汪汪地望着那几只被江水舟抓在手里的鸽子，她申辩道：站长，我这是普通的鸽子，我就是喜欢听鸽子的叫声，我爸在我很小的时候，就给我养鸽子玩，这么多年了，我听不见鸽子的叫声，我睡觉都不踏实，我就是喜欢它们。

老都把脸转过来，冲汪兰笑了一下，又笑了一下。很淡定地说：是这样么？

汪兰的眼泪就流了下来。

老都没再说什么，伸出一只手从江水舟手里抓过一只鸽子，看了一眼，又看了一眼，又冲江水舟说：把那几只放回去。

江水舟就把那几只鸽子又放回阳台的笼子里。

老都说：既然汪组长说鸽子这么有灵性，那就送我一只，我也养几天感受下这灵性。

老都说完，手托着那只鸽子就走了。

老都这么做，自有老都的打算，他要研究这只鸽子。那会保密局并不太平，情报经常泄露，上级几次三番要严查内鬼，老都把保密局的人合计了个遍，他看谁都像共产党，仔细想起来，又谁都不像。

那次回来之后，他把鸽子放在办公室的阳台上，一边研究鸽子，一边把汪兰的档案调出来，仔仔细细地又把汪兰的履历梳理了一番。他利用保密局副站长的身份，把汪兰重要关口的见证人有的找来，有的在电话里反复询问了，在证人的言辞中，汪兰都是一个“根红苗正”的女青年。

再说那只被他带回来放在办公室阳台上的鸽子，除了整天咕咕叫个不停之外，要么是吃，要么是拉，弄得他的办公室也跟着臭烘烘的。他也试着把这只鸽子放飞过，这只鸽子毫无大志的样子，要么在房顶待一会，要么在阳台周围转一转，一副呆呆傻傻的样子。老都是研究过信鸽的，这的确不是只信鸽。

有一天他把那只鸽子托在手上，专门又去了汪兰家一次。亲手把那只鸽子还给了汪兰。

老都说：汪组长，没想到你还有这个雅好。

汪兰看着那只鸽子只轻声说了句：谢谢站长。

老都自有老都的打算，他并没有完全打消对汪兰的怀疑，交代和汪兰住同一栋楼的江水舟要密切注意汪兰。他希望通过几只鸽子能钓出大鱼。

刚开始江水舟还隔三差五地来汇报，鸽子这样或那样了，总之没有一点有用的信息，鸽子就是鸽子。时间长了，老都也懒得听汇报了，江水舟也觉得这样的工作没意义了。鸽子的存在似乎有了某种合理性，仿佛，那几只鸽子就应该存在于汪兰家的阳台上。

汪兰知道老都等人对自己放松了警惕，才把这几只鸽子换成了信鸽。信鸽和普通鸽子在没有收到指令前并没有什么本质的区别，鸽子还是鸽子。

此时，汪兰已经冲到阳台上，把鸽子笼打开，快速地把装有情报的小铁环套在了鸽子的腿上，鸽子受到了主人的指令，已经冲到了天上。

老都带人冲进来时，汪兰正背对着几个人。

老都望着天空远去的鸽子。

汪兰喃喃道：它们也是生命，该让它们自由了。

老都干干地望着那几只飞走鸽子的方向，此时的他还能说些什么呢。外面的局势这么紧张，他没心思，也没时间和这几只鸽子较劲了。

可两小时以后，她自己也已经在飞往台湾的空中了。汪兰别无选择地去了台湾。

汪兰到了台湾后，才收到中央的指示：继续潜伏，见机行事。

台湾当局的“国防部”仍然设立了保密局，局长仍然是毛人凤。但权力范围已经大不如从前了，对内工作仍然继续，对外工作主要是为反攻大陆作准备。

郑桐被任命为保密处的处长，汪兰仍然是电报组组长。两人因工作关系，接触的次数更加频繁了。或许是因为两个人以前就是同事，又乘坐一架飞机来到的台湾，其他的人，大都是原保密局的人，或者是别的工作站的人，许多人他们都不熟悉，甚至没有见过，两个人的关系比较起别人来更频繁一些，也是情理之中的事了。

郑桐的老家在武汉，汪兰的家在重庆，他们在大陆时还不觉得。可他们一来到台湾，从情感上来讲，都有一种背井离乡的感觉。

两个人住在一栋破旧的筒子楼里，下班之后，两个人会在楼道里做饭。郑桐是湖北人，爱吃辣的，汪兰作为重庆人也爱吃辣的，他们做得最多的菜自然是辣椒，两人在楼道里忙碌着，似乎通过这种忙碌暂时忘却了思乡之苦。有时两人同时炒完菜，郑桐端着盛菜的盘子过来，让汪兰品尝一下他的手艺，有时两人把做好的菜放到一起共同品尝，单调的单身生活就有了些色彩。

晚上没事时，郑桐有时就提议到外面走一走。汪兰受到这种邀请后也并不推拒，两人就在“国防部”的大院里走一走。所谓的“国防部”大院其实就是一个残破的院落，甚至连围墙都没有。几栋房子组成一个院落，每栋房子的街角都有警卫放哨，几栋房子后有一个小湖，不知是人工的还是天然的，总之，有了湖的样子。走了一会儿，两人就坐在一个排椅上，望着夕阳一点点落下去。两人都沉默着，思乡的情绪渐渐浓烈起来。

郑桐半晌说:汪兰,你去过武汉么?

汪兰摇摇头,但还是说:我没去过,但我们许多同学都熟悉武汉。武汉会战时,我还在上初中,我们同学一起捐了许多钱物支援前方的将士。

郑桐就陷入回忆之中:我们一个排三十多人,都战死在武汉的郊外了。他们死之前,都没来得及说一句话。

汪兰突然眼圈潮湿了:华中沦陷,这是我们的国耻。

郑桐突然叹口气:我们哪还有国了,也没有家了,我们只能在这个小岛上生存了。

汪兰突然问:郑处长,你说咱们重庆站后来那些同事,现在干什么呢?

郑桐突然沉默下来,四周看了看,见四下无人便小声地说:他们的任务是潜伏,也只能潜伏了,大陆已经是共产党的天下了。

汪兰又道:委员长说要反攻大陆,真的能反攻成功么?

郑桐抱住头:几百万军队说败就败了,凭着这个小岛还有潜伏下来的那些人,要是能反攻成大陆,我们也就不会失败了。我打过仗,也带过兵,气可鼓不可泄呀。

汪兰就不说什么了。她站起身来说了一声:郑处长,咱们回去吧。

郑桐站了起来:汪兰你以后就不要叫我处长了,你还是叫我郑桐吧。

汪兰就局促地说:是,处座。

郑桐看一眼汪兰:你又来了。

汪兰也只能抿嘴一笑。

汪兰和大陆的联系方法自然也是通过电台,因为她是电报组的组长,平时并不用她值班。她自己有一间办公室,隔壁就是电台值班室,滴滴答答的电报声不时地传过来。上半夜还是忙乱的时候,情报大都是大陆方面发过来的,那是潜伏在全国各地的特务机构,他们把相关情报发过来,同时“国防部”各个局也会把各种各样的指示送出去。

每个潜伏人员的频率都不相同，联系一个信号播段电台都得进行调试，在约定的时间里接收信息或发送情报。每个值班的人都会在电台前的显眼位置贴一张联络图表，那上面记载着联络时间和联络频率。有时联络频率换了，他们又得重新换一张表格。每个报务员都有自己固定的联系人。联络的信息，又雪片似的汇集到汪兰手上，由汪兰再把这些所谓的情报分发到译电组，译电组依据不同情报再分送到保密局各个处室。

汪兰就是在这样的情况下和大陆进行联络。她的联系并不频繁，她会依据上级的指示，收集好情报，在夜深人静时，来到电台值班室，那会，只有一两个值班的人员在打盹，这时间已经过了联络时间，电台就显得很冷清。汪兰来到电台值班室，以调试电台为名，选择好频率，把电报发送出去。她不担心电报被台湾截获，因为她和中央联络都是加了密的电报，一时半会无法破译。就是破译了，电报的内容也失效了。几天之内，她和中央的联络密码又会换掉。

那时候，汪兰使用电台和中央联络是安全的，因为有太多的频率被使用，也就是说，这是电台的频率有史以来最为混乱的一段时间。今天他们还和大陆某个电台联络，说不定第二天，这部电台就被大陆起获了，再也联系不上了。这样的事情每天都在发生。

有一次，汪兰去译电组送电报，一个译电员正在译一份情报，译电员可能去洗手间了，电文还没译完，那份情报就放在那里，“重庆”的字样吸引了她。

那份情报上写着：重庆一号三日内接受擎天五人小组。

在保密局多年的汪兰，当然知道擎天指的是什么，擎天代表的是空军，也就是说，三日内会有五人空降到重庆。重庆一号又是谁？汪兰迅速地把这份情报记在了心里。这时那个译电员回来了，她冲汪兰说：汪组长，有什么指示?

汪兰拍了拍手里几份电报道:你们抓紧译出来,上面等着要。

译电员说:汪组长,知道了。

走到门口的汪兰说:你们太大意了,屋里怎么能没人?

译电员就小心地说:汪组长批评得对,她们去吃饭还没回来,我在值班,刚才内急,就出去了一下,以后会注意的。

汪兰道:注意就好,不过也没什么,这又不是在大陆。

说完笑一笑就走了。

当天夜里,有一串神秘的电波,穿越夜空,穿过台湾海峡,飞到了大陆上空,在某个地方落地后,一串数字就被译成了一组文字,这就是一份秘密文件。

近段时间以来,台湾方面为反攻大陆精心准备的陆海空军的登陆作战队,还有特遣队、空降特遣队,纷纷在大陆被各个击破,有的被活捉,有的被击溃。

还有从台湾岛起飞的飞机,有的刚飞到海峡上空,大陆军方就得到了消息,或空中拦截,或用炮火袭击。历来有空军优势的台湾方面,空军也变得不灵了。

“国防部”召集了一次会议,分析这些原因,结论是,台湾岛内潜藏了间谍,情报就是通过间谍发往大陆的。

保密局长毛人凤在“国防部”的会议上受到了严厉的批评。身为特工的局长,竟然会让这样的事情发生,毛人凤本人也感到罪责难逃。他在“国防部”例行的会议上,发誓在一个月内,找出内奸,整肃内部潜藏的间谍。

会后,毛人凤召集了一次保密局内部处级以上干部会议。

毛人凤在会上黑着脸,把每个人都看了一遍,也想了一遍。这些处长都是跟随他多年的部下，从南京军统时期开始就追随他。戴笠摔死之后，军统局改成保密局，虽然毛人凤是戴笠身边的红人，也是戴笠平时最信任的人，但他上台后，还是清洗了一大批戴笠的人。他要树立自己的威信，就要用自己的人，人好用了，手里的刀自然也就锋利了。这是他的原则，也是任何一个玩政治的人必备的原则，毛人凤自然也不例外。表面上他不像戴笠那么强硬，甚至，他平时会给人一种和事老的感觉。可他的心却是硬的，也是狠的。从历史上看，毛人凤这种软中带硬的工作作风，成全了他，也保护了他。到台湾后，蒋经国一直要取代他，但到最后也没能把他取代，他寿终正寝地一直平安到死，从这一点就可以看出，毛人凤的为人之道，为官之道还是很深的。

此时的毛人凤，把各个处长召集起来，他并没有讲话，足足把众人看了十几分钟。各位处长心里疑惑，但表情却不能有半点疑问，他们挺胸抬头坐在那里，迎接着局座审视的目光。

毛人凤把笔放到桌子上，声音不大，但在这种安静中还是让众人一惊。

毛人凤就说：咱们保密局被人骂成是饭桶，吃干饭的。

各位处长你看我，我瞧你地面面相觑，都不明白毛局长这话到底有什么所指。有几个人在这之前也听到过一些消息，心里自然有了底，心领神会的样子。

毛人凤又说：我们出了内鬼，共产党潜伏分子打入了我们的内部，就在我们台湾，在我们军方，在“国防部”，也许就在我们保密局。情报泄密，我们所有的秘密行动，共产党都掌握得清清楚楚，我们这面刚开个会，会议还没有结束，共产党那面就知道了会议内容。我们这样下去，还怎么能打胜仗？又如何反攻大陆？

众人听了，立马正襟危坐了。有些人以为到了台湾就开始松懈了，心想，这里没有危险分子了，周边的人都是自己人，你好我好，大家都好，就是反攻不成大陆，在台湾也可以安全地生活下去。他们的工作状态和在大陆时已经有了明显的不同。听毛人凤这么一说，他们放松的神经又立马绷了起来。

毛人凤训了半天的话，中心内容就是要追查潜藏的共产党，要整肃内部纪律，首先从保密局开始。

会后，毛人凤把郑桐留了下来，郑桐腰板笔直地站立在毛人凤的面前。

毛人凤望着郑桐，伸出手在郑桐肩上拍了两下。毛人凤转了话锋问郑桐：知道我为什么让你当这个保密处长么？

郑桐突然一个立正，也没正面回答毛人凤的话，只说：谢谢局座的栽培。

毛人凤背着手踱着步说：你是真正的军人出身，面对面和日本人打过仗，知道生死是怎么回事。我欣赏你的就是你有这方面的经历，敢爱敢恨，为人正直。

郑桐：谢局座。

毛人凤又说：你是保密处长，你们处要管好，电报组、译电组都给我看严了，不要在我们保密局内部出现任何问题。

郑桐又答：是！

台湾方面，一时间就风声鹤唳了。

空降组落马

台湾的五人空降小组，降落在重庆郊外的一座山上。可是，他们刚在地面上站稳脚跟，就被埋伏在四周的军民团团包围了。这五个肩负着特殊使命的特务，随身携带有电台、枪支、弹药……

当五个人举手就擒时，他们吞服下了随身携带的毒药。只有一个人，在匆忙销毁一份文件。随后，他从兜里掏药的一瞬间，眼疾手快的王百荷一脚踢过去，那粒药丸像一粒子弹飞到天上去了。

他想掏枪时，王百荷扑了过去，接着，那个人就被按倒在地。两个战士立马上来，给那人戴上了手铐。

王百荷用手电照在那人脸上，喝问道：叫什么名字？

那人只翻了一下眼睛，便低下头去。

唯一的活口被带到了军管会，连夜进行了突击审查。军管会得到消息，这五个人空降到重庆是有特殊任务的，那四个人都自杀了，现在剩下唯一的活口，从情报上来说，就异常珍贵。军管会很重视，马部长带着秦天亮和王百荷连夜对这个空降到重庆的特务进行突审。

白炽灯很亮地照在审讯室里，那个特务年纪并不大，三十出头的样子，头发不长，虽然穿着便装，依稀能感受到行伍出身，且训练有素。

秦天亮负责做记录，马部长坐在中间，右手旁就是王百荷。

王百荷先发话交代了一番政策，例如“坦白从宽，抗拒从严”之类的。

这个特务头都不抬一下，从被抓住的那一刻起，他的头就一直低着。

王百荷交代完政策后，看了眼马部长。

马部长不紧不慢地掏出香烟，在桌子上摇弄着。这人衣服口袋里有一包香烟，从这一点就可以看出，眼前这个人是个瘾君子，此时的香烟对孤立无援的他来说是最大的诱惑。

马部长不急于让眼前这个人开口，他有足够的耐性，他点燃了烟，不轻不重地吸了一口，让烟雾缓缓地在空气中弥漫，果然这一招起到了效果。

那人抬了一下头，看了眼马部长，马部长又吸了一口，漫不经心地把烟雾吐过去。

马部长这才说：叫什么名字，来重庆干什么？

那人抬了一下头，又把头低了下去。

他不回答，马部长也就不再问了，慢条斯理地吸烟，仿佛他来不是为了审讯眼前这个特务，而是为了吸烟的。

一支烟吸完了，他又点燃了第二支。

那人在马部长划火柴时，又抬了一次头。当马部长第二支烟吸到一半时，那人突然抬起头开口道：能不能给我一支烟？

马部长说：叫什么？

那人低下头答：老A。

马部长把烟盒和火柴推到秦天亮面前，秦天亮明白马部长的用意，走过去递一支烟在老A面前，并划火柴为他点燃。那人深吸一口烟，闭上眼睛，无比享受的样子。

马部长：你的真名？

那人半晌道：我的真名已经不重要了，从上了飞机那一刻起，我的名字就叫老A了。

马部长听了这话，微微笑了笑。

马部长又问：你们来重庆执行什么任务？

老A把身子靠在椅子上,斜着眼睛说:这位长官,这个计划我肯定知道,但我不能告诉你们。我们来了五个人,那四个弟兄都自杀了,我也想自杀的,因为要销毁身上的文件,我晚了一步。

说到这他看了眼王百荷。

马部长说:你不说是吧,我们有办法会让你说出来的。

老A把烟头捏在手里,抖着身子说:长官,你们的政策我知道,坦白从宽,缴枪不杀。当年在战场上,有好多弟兄都投奔了你们,你们不仅一个没杀,还受到了重用,这一点我很佩服你们。不过这次任务我真的不能说,我们就是抱着不成功便成仁的决心来的,如果我们成功了,每人会有五十两黄金的奖励;要是失败了,就地成仁。

马部长又问了一句:真的不能说?

老A又说:再给我一支烟好么?

马部长和秦天亮对视一眼,秦天亮又把一支烟送到老A的嘴边。

老A深吸一口烟,这一口差不多吸掉了半截。老A抖着身子突然呜呜地哭了。

马部长,秦天亮和王百荷三个人面面相觑,不知老A这是哭的哪一出。

老A哽着声音道:长官,别问了,我真的不能说。我们的老婆孩子,“国防部”已经把他们当成人质了。成仁的弟兄,老婆孩子还有条活路,如果我说了,我们的老婆孩子连活路都没有了。

老A说的其实是假话。当时国民党撤走时,许多达官显贵的老婆孩子都没来得及撤出去,别说他这样的小人物的老婆孩子了。真实的情况是,他的老婆孩子就在四川的达州,他不说真话的原因是怕牵连到老婆孩子。他这次回大陆执行任务,已做好了有去无回的打算,他想过,就是自己死了,老婆孩子也能得到一笔可观的抚恤金,用自己的命换来老婆孩子后半生的生活保障,也是一件目前对他来说不错的交易。

马部长和秦天亮又对视一眼，马部长就冲警卫说：带下去。

老A就被带下去了。

这五个人组成的空降组是肩负着特殊使命来到重庆的。

“国防部”撤离重庆时，遗落了一份秘密文件，这份文件是美国人帮国民党制订的有关撤离大陆和撤离后的作战计划。因为这份文件的特殊性，当时并没有把这份文件放在“国防部”的档案包里，而是放到了重庆某公馆的地下室里。在“国防部”撤离重庆时，因为慌乱，他们只来得及清理了“国防部”成千上万的档案，有的销毁，有的被带到了台湾，唯独这份机密文件落下了。“国防部”搬迁到台湾后，在清理文件时，有人想起了这份文件，但为时已晚，和这份文件有关的处长、科长，保密室的人都已经投入了大狱。

这份文件关系到国民党几年之内的军事秘密，如果落入大陆手中，损失不可估量。

有五人特别行动小组空降到大陆是母后传来的情报，但母后并不知晓这五个人来大陆到底要干什么。

这五人组成的空降小组，四个人服毒自尽，剩下一个活口又摆出一副打死也不能说的架势。重庆军管会为此召开了一次处级以上干部会议，会上专门分析了敌人这次行动的目的。因为这个活口不招供，他们行动的目的，永远成了秘密。这次会议的重点，仍然是突审这个叫老A的特务，要不惜一切代价和手段，掌握敌人的秘密。这个任务就落到了马部长和秦天亮的肩上。

马部长背着手在办公室里踱来踱去，样子有些焦急。最后，马部长停在秦天亮面前，望着秦天亮半晌道：天亮，你有没有什么好办法让老A开口？

在审讯老A时，当老A说出“国防部”已把老A的老婆孩子当成人质时，他的心颤抖了一下，他想到了远在台湾的梁晴和儿子小天。那一刻，他的心里五味杂陈，一时竟说不清楚到底是什么滋味。此时，马部长这么问他时，他脱口而出:除非让他消除后顾之忧。

马部长叹了口气,摇摇头道:他老婆孩子不在大陆,是在台湾。要想把他老婆孩子安全转移出来,不太可能。

秦天亮又一次想起了梁晴和孩子,他竟然有了种要哭的欲望,远在台湾的梁晴和孩子何时能脱离虎口啊,想到这,秦天亮眼圈潮红了。王百荷发现了秦天亮的异样,拉了他一下道:秦处长,你怎么了?

秦天亮自知失态,忙把手里的烟掐灭掉:烟呛的。

老都接到了台湾方面的一封密电,密电中指示:五人空降小组在重庆悉数落网,老A被活捉,你部全力营救老A,营救不成,便除之。

老都在这之前也接到过台湾方面的指示,迎接五人空降小组,全力配合他们的任务。具体是什么任务,老都并不清楚,他还是通知了潜藏的一些特务,由江水舟负责,去了重庆郊外的山上。

他们看到了飞机,也看到了五人空降的过程。他们还没来得及前去接应,五人小组便被军民组成的天罗地网给生擒活捉了。他们眼睁睁地看那五人空降小组,死的死亡的亡,剩下一个被活捉了。

第二天,江水舟在那家茶馆赴命时,把看到的一切说给了老都。老都闭上了眼睛,他用手指敲着桌子道:看来台湾也有共党分子,他们真是无孔不入哇。

江水舟就说:咱们该怎么办?

老都摇摇头道:台湾方面的事咱们插不上手,只能做好自己的事了。

老都很快又得到了台湾的指示,他在那家茶馆又一次召见了江水舟。

老都知道,此时到了该走最后一步棋的时候了。

门缝里塞进来的那张字条是秦天亮早晨起床时发现的。那上面只写了一行字:上午十点两孔桥见面。落款是“老家人”。

秦天亮看见这张字条，有如晴天霹雳，该来的终于来了。刚开始，他只见过一次江水舟，那时，他以为从此会麻烦不断，没想到的是，很长时间过去了，再也没有动静了，这些人似乎已经把他忘记了。现在他们终于又浮出了水面。

秦天亮看完那张字条，下意识地把字条撕得粉碎扔到抽水马桶里，又放水把纸屑冲掉，定了定神，他才重拉开房门。

王百荷已经在门口等着他了，见了他，王百荷就笑着说：秦处长早。

这些天来，每天早晨王百荷都等他一同去上班。只要他拉开房门，总能看到王百荷的身影。似乎这一切已经成了习惯，在去军管会的路上，王百荷就像一只百灵鸟，唧唧喳喳地说个没完。有时王百荷的心情也能影响到他。他望着晴朗的天空，在心里感叹：生活挺好。可是今天，秦天亮无论如何也没有这种好心情了。他一直来到楼下，走到院子里，也一言不发，王百荷就问：处长，你心情不好？

秦天亮搪塞着说：我昨天失眠了，一夜都没睡好。

王百荷就说：准是老 A 的事。

秦天亮笑一笑。

软攻

上午十点，秦天亮还是准时出现在公园门前的两孔桥上。

他一站在桥上，就看到竖着衣领的江水舟，他脸上还多了一副眼镜。不论江水舟怎么变化，秦天亮还是一眼就认出了他。秦天亮看着江水舟一点点地走过来。江水舟漫不经心地站在秦天亮的身旁，轻声地说：天亮你的气色可不太好。

秦天亮没有说话，目光望着远处。

江水舟又说：是不是嫂子不在身边，最近心情不好？

秦天亮冷冷地说：找我有什么事？

江水舟从衣袋里掏出烟来，独自点上。

秦天亮见江水舟不开口，便说：我还有事，在这里待不多长时间。

江水舟笑一笑道：我不是来看风景的。空降到重庆的老A落到了你们手里，你们打算拿他怎么办？

秦天亮说：这你应该知道，他现在不开口，总有一天会开口的。

江水舟狠狠地把烟掐死在护栏上，哑着声音说：一号命令你，放老A一马，要么把他弄死。

江水舟说完，从风衣口袋里掏出一小包东西快速拍在秦天亮面前的栏杆上。

秦天亮没接，他看着眼前那个似有似无的小纸袋，当然知道那里面的东西是什么。是剧毒，许多特务被捕前都是吃这种东西自杀的。

江水舟说完，转身就走，走了两步又说：三天内，一号要你的结果。

江水舟说完这话就在他眼前消失了，秦天亮望着远去的江水舟，他的目光又落在那个小小的纸包上，最后他还是伸出手，把纸包攥到手里，揣在衣袋内，头也不回地向相反的方向走去。

回到军管处，马部长正在等他，王百荷直接把他领到了马部长办公室。马部长正在看一份文件，听见秦天亮的脚步声，马部长抬起头来道：天亮，坐。

秦天亮坐在马部长对面的沙发上。

马部长说：上级命令我们三天内拿下老A。据我们内部情报提供，五人空降组来到重庆，是在执行一项秘密任务，我们要让这个秘密为我所用。

秦天亮站了起来，他呼吸有些急促地道：部长，要不我们上手段？

马部长摇摇头道：用刑不是我们的作风，况且，老A这些人是经过专门训练的，用刑可能于事无补。

秦天亮望着马部长：那我们该怎么办？

马部长：只能采取攻心战。

秦天亮望着马部长。

马部长道：我们已经查明，老A的原名叫李援，他的老婆孩子在达州，我们已经和达州军管会的同志联系好了，让他们把李援的老婆孩子送到重庆来。

秦天亮吁了口气道：他们什么时候才能到？

马部长胸有成竹地说：最迟明天晚上。

马部长说到这，抬起头来又说：你和王百荷同志做好安顿李援老婆孩子的准备工作，看守李援的工作你们也要认真落实，不要出现任何差错。

秦天亮和王百荷就答：明白！

那天晚上秦天亮一进门，就一屁股坐在了沙发上。是执行江水舟的命令，还是把这份秘密报告给马部长，两种想法纠结在他的内心。他缓缓地把那包毒药打开，包装纸上赫然出现一行字迹：晚上十点收听××频率，你的老婆孩子在这个时间与你相会。

秦天亮看着这张字条，身子软软地靠在沙发上。他反复地看了几遍字条，似乎看到了梁晴和孩子的脸。他们眼巴巴地望着他，一如他们在机场分别时的样子。

最后他把那份毒药包裹好，放到衣袋里，便躺在沙发上，昏昏沉沉，似睡非睡。

这时响起了敲门声，他还没有反应过来，王百荷就一阵旋风似的闯了进来，她手里端着一碗面，带着一股葱花的香味。

她惊讶地叫一声：天亮，怎么不开灯？

说完顺手在门旁把灯打开了，走到他身旁把那碗冒着热气的面放到茶几上。

秦天亮睁开眼睛，说了声：百荷同志，谢谢你。

王百荷看到秦天亮此时这个样子，吃惊地说：秦处长，你发烧了。

说完伸出手摸了一下他的额头，秦天亮的确有点发烧了。

王百荷就说：天亮你等一下。

说完便跑了出去，不一会儿，她又风一样地刮回来，一手拿着药，一手端着冒热气的水杯。她把这些东西递到秦天亮的面前。

秦天亮无力地摇摇头道：我不想吃。

王百荷就说：你这一定是累的。没休息好，不吃药怎么行？

说完，强行把药塞到他的口中，又端过水杯不由分说地让秦天亮喝了口水。做完这一切，秦天亮才坐直了身子，真诚地冲王百荷说：百荷同志，谢谢你！

王百荷突然感到有些羞涩，她搓着手说：天亮，别这么说，这些都是我应该做的。

说完这话看到了那碗面，她伸手欲端那碗面，一边说着：面都凉了，我帮你去热热。

秦天亮抓住王百荷的手说：不用了，我吃。说完，他端起碗吃了几口，就放下了。

王百荷就说：天亮，你是不是不爱吃面？我知道你是湖南人，你们南方人爱吃米，下次我给你做米饭。

秦天亮望着眼前的王百荷突然有了一种感动，他说：百荷同志，你做的什么都很好吃，是我吃不下。

王百荷在秦天亮的注视下，低下头，不好意思地捏着自己的衣襟。

半晌，王百荷低垂着眼睛，站起来说：天亮，那我就回去了，不打搅你休息了。

秦天亮突然抓住她的手道：既然没事，就说会话吧。

秦天亮突然的举动，令王百荷又惊又喜，她又坐了下来。

她一直等着秦天亮说点什么，可秦天亮并没有说话，低着头一直望着茶几上那个还剩着半碗面的碗。

秦天亮不知道为什么，此时感到空前的孤独，甚至还有些怕，究竟怕的是什么，他自己也说不清楚。他看着眼前的王百荷，就像抓到了一根救命稻草，此时的他，就是希望王百荷能陪陪他。

见秦天亮一时没有话，王百荷就鼓起勇气说：天亮同志，我挺同情你的。

秦天亮抬起头，望着她。

她似乎从他的目光中看到了他的鼓励，于是她就鼓起勇气说下去：天亮，你为了革命把老婆孩子都搭上了，你为革命事业做得太多了。

王百荷说到这突然哽咽了，眼圈也红了：天亮，现在全国解放了，我们都过上了好日子，你也要开始你的新生活。虽然我在你的心里可能不是个优秀的女人，但我会关心你，同情你，永远和你站在一起。

说到这，她又低下头，狠下心来一路地说下去：天亮，我十三岁就参加妇救会，十六岁参加游击队，后来又参了军。

说完这些，她立起身，红着眼睛跑了出去，头都没有回一下。一直跑出秦天亮的家，来到楼道里，她才手抚着胸口，靠在墙上。她张大嘴，喘着气，埋在心底的话，她终于一口气说了出来，她直感到口干舌燥，心脏狂跳不止。她说完了，心里干净了，半晌，她哼着沂蒙小调，转身回到了自己的房间，一头扑在床上，拉过被子，蒙在头上。

王百荷感到自己的脸很红很热，浑身上下像着了一团火。

秦天亮望着自己家那扇关上的房门，怔在那里，好半晌没有反应过来。他只感到浑身乏力，口渴得要命，他抓过王百荷端过来的杯子，把剩下的水一干而尽。

眼前的王百荷是干净的，她真的像一枝盛开的百合花，安静地绽放在他的眼前，一尘不染，洁净而又高尚。一直以来，王百荷对他的心思，他都懂，而自己只能退却和回避，他没有权利，也没有能力回应王百荷这份情感。他站起身来，走进卧室，床头柜上放着他们一家三口的照片。梁晴和儿子小天的笑便在眼前铺满了。

他看了眼墙上的时钟，此时的时间是九点半。他打开收音机，调整到那个频率，这是台湾一家电台，里面播放着“夜来香”这首歌，歌声绵软低回。他望着那架老式收音机，梁晴和他相识相爱的画面在歌声中像过电影似的一幕幕在他眼前呈现。

他抱住了头，在静静地等待，十点的时候，一个软绵绵的女声响了起来：战斗在大陆的将士们，你们好！台湾电台向你们广播，你们还好么？老家人天天在思念你们，盼望你们胜利的喜讯。下面播放一段你们亲人的声音，让你们感受亲人对你们的鼓励和期望。

接下来就是一段音乐，音乐休止了，梁晴的声音响了起来，她说：你还好么，我和孩子现在一切都好。

停顿了一下，接着儿子小天的声音响了起来：爸爸，我好想你，爸爸……接下来就是小天带着哭声的呼唤了，一声声一句句，就像一把刀子扎在了他的心上。

他的泪水终于夺眶而出，这段录音显然被修剪过了，但他还是听出了梁晴和小天的声音。他们分别已经半年多了。在这半年的时间里，他无时无刻地都在思念着他们，想着他们的生活，想着他们是冷是热，以及他们的一切。这是半年来，他第一次听到梁晴和孩子的声音。

他坐在床头，就那么呆呆地坐着，忘记了时空，忘记了自己身在何处。

收音机里仍在播放着一个又一个家属的呼唤，那是潜伏在大陆特务的家属，此时，他们的身份只是一个家属对自己亲人的思念。电波越过海峡，越过崇山峻岭，从遥远的台湾传来，亲人的声音永远是那么亲切和动情，饱含着思念和亲情，一遍遍地响着。

秦天亮望着眼前的收音机，仿佛自己已经通过电波和亲人见面了，他拥着梁晴和孩子，感受着他们的体温和欢笑。

他从床头柜上拿过梁晴和儿子的照片，放在自己的胸前，他一遍遍地爱抚着他们。

执行

被关押的老A没想到远在达州的老婆孩子会来到他的面前。

他已经有快一年时间没有见到老婆和孩子了。刚开始,老婆和孩子也在重庆住过一段时间,后来西南战事吃紧,他就把老婆孩子送回了达州老家。直到撤离重庆,他一直没有见到过老婆孩子。

那天早晨,门开了,门后的光线涌进来,他一时有些不适应这强烈的光线,眯上了眼睛。昨天晚上,接来的李援老婆和孩子到达重庆时已经是深夜,只能安排他们母子休息了。今天一大早,马部长就安排秦天亮和王百荷带着李援的老婆和孩子与李援一见。这是攻心战,用情感让李援屈服,从而招出这次来重庆的任务。

李援的老婆和孩子,半晌才适应关押室里的情况,先是女人怯怯地叫了一声:李援。

李援显然也看清了老婆和孩子,他吃惊地张大了嘴巴,怔在那里,怀疑这一切是在梦中。五岁的儿子突然扑过来,一下子扑到父亲的怀里响亮又凄清地叫了一声:爸——

女人也控制不住了,走过去抱住李援的头,一边摸着,一边摇晃着道:李援,咱们再也不去台湾了,咱们回家,回家过日子。

儿子也喊:爸,我想你,咱们回家吧!

瞬间,李援似乎动了情,伸出双手把女人和孩子抱在怀里,他的表情挣扎而又拧巴,但很快他就清醒过来,把母子两个人推开一些道:你们回去吧!

女人凄声道：李援，你就把秘密说出来吧。共产党的政策是坦白从宽。

儿子走过来去拉李援的手，一边拉一边说：爸，咱们回家。

李援犹豫一下，还是掰开了儿子的手，冷着声音说：我和你们没有关系了，你们走吧。

女人和儿子一时不知如何是好，站在那里饮泣着。

王百荷走过来，冲李援就说：你是什么男人，还有没有点人情味了？睁开你的眼睛好好看看，这是你的女人和孩子，你就想死硬到底，和蒋介石一条道去跑到黑？

李援闭上了眼睛，瞬间，他把自己变成了一块冰冷的石头。

王百荷回过头来望了一眼秦天亮，秦天亮望着眼前不知所措的女人和孩子，冲警卫招招手，两名警卫上前把女人和孩子带离了关押室。

当秦天亮和王百荷把这一情况汇报给马部长时，马部长伸出手指在桌面上敲击了几下，沉吟片刻道：看来李援是铁了心想和咱们作对到底了。

秦天亮就说：部长，咱们下一步该怎么办？

马部长站起身来，走了几步道：这件事好办，那咱们就拖他一段时间，看谁更有耐心。我就不信，李援也是人，他不是一块石头。

秦天亮和王百荷点点头。

马部长又指示道：时刻关注李援的情绪，有事随时向我汇报。

秦天亮和王百荷应了一声就走出马部长办公室。

秦天亮下班前接到了一个电话，秦天亮听出了是江水舟的声音。

江水舟在电话里说：老朋友，下班出来坐一坐，我在山城饭店等你。

江水舟在约见秦天亮之前，曾向老都汇报过。

老都在听完江水舟要让秦天亮下手除掉老 A 的汇报时，脸色都变了。他指着江水舟的脑袋说：你糊涂，秦天亮是咱们的一条大鱼，让他去干这些事，要是他暴露了，以后谁还是我们的内线？干这些事，交给下人就可以了。

江水舟这才恍然过来，他点头哈腰地说：一号，我这就去办。

他急三火四地把秦天亮约到山城饭店就是为了实施他这一计划。

秦天亮接到江水舟的电话，当然知道江水舟为什么要见他。此时，他心里既矛盾又困惑。

李援的老婆孩子接来时，他似乎看到了希望，他希望李援把秘密说出来，抢先一步把李援拿下，至于下一步，是否除掉李援就不那么重要了。没想到，受过专门训练的李援，抵挡住了亲情攻势，他毅然决然地把老婆孩子的情感推拒开来。

为此，秦天亮焦灼万分，江水舟第一次约见他时，让他三天内解决掉李援，这已经是第二天了，也就是说，只有最后一天的期限了。江水舟约见他，一定和李援有关。

他离开军管处大楼时，王百荷正站在门前等他，以前，每天下班时，王百荷总是这么等他，今天也不例外。

秦天亮见了王百荷怔了一下道：百荷，你先回去吧，我还有件私事要出去一下。

王百荷就看了眼天空，天上这时堆积了一些云彩。

王百荷就说：天亮，天要下雨了，办完事就早点回来。

秦天亮笑一笑，转身走到了大街上。他走在通往山城饭店的路上，脚步迷乱而又犹豫。他拿出支烟，伏在栏杆上，望着江水，脑子里又响起了梁晴和小天的声音。他狠狠地把烟掐掉。他后悔在重庆解放前夕没有把梁晴和小天转移出去。在执行最后一次任务之前，组织上曾提醒过他要把梁晴和小天转移出去，他也动过心思，但是为了不引起老都等人的怀疑，他一直没有把他们送走，结果，让他们成了人质。

他来到山城饭店时，天已经黑了，朱铁在大堂里等着他。他站在大堂里茫然四顾时，朱铁就像一个鬼影似的出现在他的身旁，拍拍他的肩膀道：秦科长，这边请。

朱铁说这话时，似乎在耳语，秦天亮浑身的鸡皮疙瘩立马起来了。

朱铁把秦天亮领到二楼一个包间里，拉开门，把秦天亮推了进去，便神不知鬼不觉地消失了。秦天亮知道，朱铁这是在望风。

江水舟已经点了一桌子酒菜，正在等着他。见他进来，站起身，拉着他坐在椅子上，然后又亲自倒酒，一边倒酒一边说：天亮，还记得你喝多那次吗？

秦天亮真想不起来了，他的心思没有在这上面。

江水舟就说：你儿子小天过四岁生日那天，我和我太太，都副站长，还有汪兰、郑桐，我们几个到你们家聚过。那天，你喝多了。

秦天亮突然想起来了，一年多前小天过生日，家里的确来了很多人。

秦天亮望着江水舟，没有说话。

江水舟端起酒杯说：来，今天不说别的，咱们只喝酒。

说完，自己一饮而尽，秦天亮没有动眼前那个酒杯。

江水舟看着秦天亮说：怎么了老秦，不高兴？如果我没记错的话，再有一个月零三天，小天又该过生日了，咱们今天这顿酒就算提前为你儿子庆生了。

秦天亮此时的心境阴晴雨雪的，说不清是什么滋味。他端起酒杯，闭着眼睛把酒喝了下去，他从来没有感到酒这么辣过，他咳了起来。

江水舟笑一笑，又把他眼前的酒杯满上了。秦天亮一直等着江水舟说出任务来，江水舟却一直没说，一直谈笑风生的样子，一杯杯地劝酒，说着高兴的话。

终于江水舟放低声音小声地说：天亮，昨晚听到嫂子和孩子的声音了吧？

秦天亮捏着酒杯不说话，目光直勾勾地望着江水舟。

江水舟就又说：天亮，我向你保证，嫂子和孩子在台湾很安全，咱们的家眷都住在一起，他们生活有保障，可以说，他们生活得很幸福。

秦天亮突然说：你今天把我叫来就是想说这个？

江水舟突然收起笑容道：秦兄就是聪明，当然不止这些。

说完从衣袋里掏出一个小字条，上面写着一个人的名字。

江水舟说：他现在是你们队伍上的人，只要你把他调到你的身边，只要让他有机会接触老A就行。

秦天亮看着江水舟。

江水舟就又说：别的你什么都不用管了，这个人在你们队伍上，没人会怀疑你，一号说了，一定要保证你的安全。

秦天亮看着那张小字条，刘虎，重庆守备部队三排一班。

江水舟说完这些，便不再说什么了，而是谈起了自己的老婆孩子。说到这时，不知是酒喝多了，还是动了情，他的眼睛潮湿了。

秦天亮离开山城饭店时，外面果然下起了雨。他走在雨水里，后来就奔跑了起来，他不知道自己朝什么地方奔跑着，拼命地奔跑着。转了一大圈，他的脑子清醒了一些，回到军管会家属院时，突然看见路灯下站着一个人，那个人带着一把雨伞。他走近了，看见了雨伞下站着的王百荷。

王百荷就叫了一声：天亮，你可回来了，知道你没带雨伞，又不知道你去了哪里，我只能在这等你。

秦天亮立住脚，望着雨中的王百荷，他心里一热，涌上来一阵感动，不由叫了一声：百荷——

王百荷把伞撑到秦天亮的头上，路灯下眨着眼睛道：天亮，别在这傻站着了，快回家吧！

一句回家，让此时的秦天亮差点哭出声音来。好在，两人很快走进了楼道，那里很暗，王百荷没看清秦天亮的表情。

秦天亮穿着湿衣服，水淋淋地站在洗手间里，他看着镜子中的自己，脸色苍白，真的像一只落汤鸡。

当时钟敲响十下时，他一激灵清醒过来，脱掉湿衣服。打开收音机，调到了那个让他心惊胆战的频率，秦天亮说不清楚此刻的心情，这个频率既让他爱又让他恨。

每天听完这个频率，他又很快地调到别的频率上。自从他从这个频率里听到了梁晴和儿子的声音，他就像中了魔，欲罢不能。

后来他一头扎在床上，蒙着被子呜呜地哭了起来。

在第二天军管会的例会上，秦天亮提出为了加强关押室的管理，要调一个班来加强警卫工作。

他的提议得到了包括马部长在内的许多人的赞同。

三排一班被调到了关押室。那里除了李援外，还关押了许多待审的特务，还有其他犯罪分子。

第二天，李援死在了关押室里。

风生水起

老A——李援死在了看守所，最后的活口就此断掉了。

降落到重庆的五人空降组，无一幸免，这些人来重庆到底执行什么样的任务，一时成了一个谜团。重庆军管会，已把这一动向密电给了中央。

汪兰几天后便接到了调查台湾特务空降到重庆真相的任务。

身为电报组组长的汪兰，调取了最近一段时间由他们这部电台发出去的各种电文。她在电文中寻找着蛛丝马迹，甚至找来了译电本，逐一地译出了电文，但仍然没能查到关于重庆五人空降组的信息，这是擎天计划的一部分，擎天计划是由空军负责制订的。

这五人空降组空降到重庆的计划，是由汪兰传递给大陆的，但他们去重庆的目的究竟是什么，来往的电文中并没有交代。看来这是一项高度严格的机密，也就是说这项计划的内容，保密局只有少数人知道。

从大陆到台湾之后，“国防部”制订了太多的反攻大陆计划，又成立了“国光工作室”、“陆光工作室”和“擎天工作室”，这是由陆海空三军组成的特别行动队，由“国防部”主抓，许多内容保密局并不知情。

看来这方面的情报，只有保密局的高层才能知道一二。汪兰想到了郑桐。

郑桐对她的态度，她自然心知肚明，在大陆时，郑桐就一次次向她示好。刚开始她装聋作哑，渐渐郑桐的攻势已经明火执仗了。那时，解放大西南的战役已经打响了。驻防的国军一退再退。

她找到了这一借口，就对郑桐说：现在仗打得这么吃紧，这种儿女情长的事，还是往后放一放吧。

郑桐是军人出身，经历过战争的历练，人说话果断，办事利索。他听了汪兰的话，便说：汪兰，那我等你。

他这话说了没多久，重庆就兵临城下了。国民党早就做好了撤退的准备。那时的沙坪坝机场每日飞机起落从没间断过，这些飞机大部分是飞往台湾的。高官要人的家眷，还有整飞机的物资，都源源不断地运往台湾。明眼人都知道，国民党在大陆的日子不多了。那会儿，整个“国防部”和保密局里的人情绪都不高。有许多人在发牢骚，也有人偷偷地做着撤退计划。

有一天晚上，郑桐找到了值班的汪兰，他把她叫到了自己的办公室。一进办公室，汪兰就闻到了满屋的酒气。电台隶属于保密室，郑桐和汪兰的交往就很频繁。郑桐一进门，拉了把椅子让汪兰坐下，又顺手倒了杯茶端给汪兰，自己又往酒杯里倒了些酒。

郑桐红着眼睛说：汪兰，大势已去了。

汪兰面对郑桐，一时不知说什么好。平时她对郑桐的印象不错，郑桐是个标准的军人，正直而有血性。他看不惯保密局内部的钩心斗角，争名逐利，总是处在外围，冷眼看着这一切变数。因为人无所求，就显得磊落和光明了。

他曾经找到重庆站的副站长老都，要求离开保密局，下到部队带兵打仗去。保密局对进出人员有着严格的规定，调出保密局要进行“消毒”。所谓的消毒就是让你把知道的那些秘密都忘掉，规定的是三年时间，即便你还记得那些秘密，三年后可能也就失效了。但在这三年时间里，不让你接触任何人，也就是说要软禁在家中。

虽然保密局有这样的规定，但还没有人离开保密局的先例。要么处决，要么入狱。对于保密局，毛人凤手里掌握着生杀大权。从始至终，还没有人活着走出保密局。

郑桐这一提议，自然没能实现，老都就拍着郑桐的肩膀说：年轻人，拼拼杀杀是为国家，难道在保密局工作就不是为国家么，凭你现在这个样子，给你一个团，能拯救党国的事业么？老弟，想开点，车到山前必有路。等你熬到我这把年纪，你就不会逞匹夫之勇了。

郑桐的热情被现实冷却了，他只能待在保密局里。

此时，他把汪兰叫到自己办公室里，他在重庆站只能把心里话说给汪兰听。从感情上来说，他和汪兰走得最近，在重庆站，只有他们两个是单身。别人一下班，都回了各自的家，他和汪兰没处可去，只能在办公室里打发时间。

那天酒后，他向汪兰说出了重庆站的秘密：汪兰，现在重庆站已经开始安排潜伏人员了，那份名单里有你。

汪兰知道重庆站在撤退前肯定会有行动，没想到这么快就已经行动了。

汪兰装成一无所知的样子说：是不是我们这些人都要潜伏下来？

郑桐没有直接回答，而是问：汪兰，你说实话，想留下来，还是去台湾？

说心里话，汪兰从来没有考虑过去台湾，军委也没有这方面的指示。自己是否被安排潜伏下来，也不是她关心的事，重庆解放了，正常来说，她的潜伏工作也就结束了。从地下到地上，她要名正言顺地回到组织怀抱。她关心的是这份潜伏名单，她要把这一秘密传递给军委。

郑桐就说：汪兰，如果你不想留下，我可以去争取，让你和我一道去台湾。

汪兰说：你要去台湾么？

郑桐无奈地笑一笑道：可能我不让他们放心吧，去台湾，他们就放心了。

那天的谈话，自然没有什么结果。

最后汪兰的命运改变，还是郑桐努力的结果，当然这一切汪兰并不知情。

郑桐在潜伏人员名单确定之前，找到了老都。

郑桐说：站长，让汪兰也去台湾吧。她一个女性，潜伏下来不方便。

都副站长望着郑桐，先是笑了笑，最后就一脸严肃地问：你是不是和汪兰谈恋爱了？

郑桐低下头，又抬起来说：现在这个局势哪还有心思谈恋爱？

都副站长笑笑说：那也是有好感，对不对？

郑桐低下头，再也不说话了。

在研究潜伏人员名单时，都副站长第一个就把郑桐排除在外了，理由是郑桐知道的秘密太多，郑桐又书生意气，这样的人不适合做潜伏工作。

之所以留下汪兰，是因为潜伏人员需要电台。在确定名单时，老都对汪兰也的确犹豫过。女人的意志薄弱，是否适合潜伏工作，在他的脑子里打过大大的问号。

那天，都副站长背着手在办公室里踱了半晌，才冲郑桐说：你的建议我会考虑的。

郑桐离开后，老都把那份潜伏人员的名单送到毛人凤那里，同时也把对汪兰的犹豫态度对毛人凤说了。

毛人凤挥起笔在那批人员名单上把汪兰的名字画掉了。

毛人凤放下笔道：用人不疑，疑人不用。既然你对她做潜伏工作没有信心，就没有必要留下来。

汪兰就这样搭乘上了飞往台湾的班机。

汪兰在一天下班后，主动约请郑桐去喝咖啡。

郑桐的心情可想而知，他换上了便装，特意刮了胡子，梳了头，兴冲冲地来到了咖啡馆。他来到的时候，看见汪兰已经坐在那里等他了。他面对着汪兰坐下。

汪兰就说：处座，你来点什么？

说完把饮料单递了过去。

郑桐把一只手按在饮料单上，同时也把汪兰的一只手按住了。

汪兰发现郑桐的手很热，便停在那里不动了，她望着郑桐。

郑桐就说：汪兰，咱们可是坐一架飞机到的台湾，以前咱们就是同事，现在还是同事，以后你千万别叫我处座。

汪兰笑一笑道：那我就叫你郑桐。

郑桐也笑一笑说：这样最好。

说到这，郑桐蹙了蹙眉头道：在重庆时，咱们那么多人，有老都，老江，还有秦天亮一大帮子人，现在重庆站的人就剩下咱俩了。

汪兰说：你是处长，也算保密局的核心人物，以后你得多多提醒我。在台湾除了你，我可举目无亲。

郑桐把手重重地拍在桌子上，有些气愤地说：汪兰，和你说句实话，这保密局我真的是一天也不想待了，整天就是拉帮结派，发国难财，党国就是被他们这些人搞败落的。如今到了台湾，这些人还在搞这些，还反攻大陆呢，我看那是痴人说梦。

汪兰就诱惑着问：不是听说派出好多人空降到大陆了么？

郑桐不屑地说：狗屁，那是肉包子打狗有去无回。前几天，空军的五人空降小组飞到了重庆，结果一个人也没能回来，有去无回了。

汪兰喝了口咖啡，故意漫不经心地问：他们这是去执行什么任务？

郑桐思量了一下道：好像是取一份什么文件，具体的我也不清楚，这是毛局长和“国防部”的事，保密局没几个人知道。

汪兰问：咱们撤离重庆时，该带的情报不是都带回来了么？

郑桐用一只勺搅动着咖啡，望着汪兰说：好像是挺机密的。当时藏在“国防部”什么地方，收拾文件时，把它落下了。对台湾好像没什么，他们担心落到共产党手里。有关和美国人合作的事。不管他们这些事，你最近还好么？

汪兰说：我还想有朝一日回到重庆去，那里的火锅和小吃，我一辈子也忘不了。

郑桐就面带忧虑地说：反攻大陆怕是没指望了，可能我们只能在梦里回去了。我也想家，虽然我的家人都被日本人炸死了，没有亲人了，但武汉留下了我太多童年的记忆，现在我每天只能在梦里回家了。

郑桐的情绪低落下去，片刻他又突然说：前几天，我在柳荫街那边发现了一家四川火锅店，听说老板就是四川人，我还没有去吃过。明天，我请你去吃。

汪兰笑了笑。

郑桐抬起头道：汪兰，看样子咱们后半生只能在台湾生活了，你有什么打算么？

汪兰抬起头望着窗外，远处有几盏灯有气无力地闪着。中央并没有指示她何时撤离。何时是归期呢？

郑桐见她不说话，便也沉默下来，半晌又说：汪兰，你是不是有恋人了？

汪兰回过神来，点点头，又摇摇头，最后苦笑一下。

在重庆陆军学院上学时，她的确喜欢过一个男生。那男生高高的个子，说话走路都充满了活力，比她高两届。就是这个叫高伟的小伙子成为了她革命的引路人，最后也是他介绍她加入了地下党。

后来高伟毕业了，接受了一份秘密工作，便再也没有联系过。因为工作的需要，高伟毕业时来向她告别，她没问他去哪，他也没说。在校园外的一片林荫里，他用力地拥抱了她，然后两人都笑了。他说：等革命胜利时见。

她也说：胜利再见。

他吻了一下她的额头，一蹿一蹿地走了。他青春的背影便永远留在了她的回忆里。

郑桐这么问，又勾起了她对高伟的回忆，美好而又短暂的初恋就这么夭折了。

保密局又经历了一次血洗。

反攻大陆的计划制订了很多,有的台湾这面刚刚行动,大陆方面就获得了情报,好多反攻大陆的行动就这么夭折了。于是身在台湾的保密局来了一次血洗行动。

汪兰负责的电台,有一名女报务员叫付德芳,二十四五岁的样子。这天,她正在电台值班,便被进来的几个人带走了。汪兰站在门口,伸手拦了一下。领头的人只亮了一下证件。付德芳扭过头,朝她喊了一声:组长救我,我是被冤枉的。

汪兰只能眼睁睁地看着付德芳被带走。

付德芳也是重庆陆军学院毕业的,比汪兰低两个年级。在陆军学院,只有无线电专业才有女学员,因此,在学校时,她就认识付德芳这个女生。

在汪兰的印象里,付德芳长得很漂亮,有一种大家闺秀的样子,见了人,总是先笑后说话。付德芳毕业后,也考入保密局电台工作。见到汪兰第一面时,就那么笑着说:请师姐多多关照。

汪兰知道,付德芳是成都人,家住在武侯祠附近。重庆解放前夕,付德芳似乎并不愿意来台湾,每当到电台值班时就会问汪兰:组长,要是共产党队伍打进来,他们会杀了我们么?

汪兰就笑一笑说:我没有和共产党打过交道,估计不会吧,他们的政策不是缴枪不杀么,咱们又没杀过人,手里就一个电台,到时候把电台交出去不就完了么?

付德芳就笑一笑道:到时候我肯定交出电台。

付德芳还问过:组长,要是重庆被解放了,你去干什么?

汪兰就笑着说:那我就回家开个茶馆,老老实实地过日子。

付德芳神往地说:到那时,我回成都,我爸爸妈妈还要抱外孙呢。

汪兰就拍一拍付德芳的肩膀道:臭丫头,连男朋友还都没有,哪来的外孙?

付德芳以前有个男朋友,是重庆陆军学院步兵指挥专业的一个高才生,长得人高马大的，是个贵州人。毕业后就上了前线，当了一名上尉连长。两个人还通过信，结果他在南京保卫战中阵亡了。

男朋友的战友把他的遗物寄给了付德芳，那是他们的一张合影照片。他们穿着军装，意气风发的样子。这张照片还是毕业前，两人即将分手时照的，他们对未来充满了期待。

付德芳看到那张血染的照片就哭晕了过去，从此，付德芳变得不爱说话了，经常望着一个地方发呆。

付德芳最后没能回到成都老家，一个命令就让她坐上飞机来到了台湾。到了台湾后的付德芳和所有的人一样开始思乡，他们做梦都会梦回老家，那里有他们的亲人，故居，熟悉的一切，他们来到了台湾，先是水土不服，后来又犯了思乡病。

付德芳被抓的直接证据是，她给老家父母写了一封家书。由于邮路没有开通，她就委托一个经商的成都老乡辗转香港带回家去。付德芳的那封家书写的字字情，声声泪，说自己有朝一日一定要回到成都去看望父母，以后就是死，也要死在自己的亲人面前。

商人在离开台湾时，无一例外地接受检查，结果就发现了这封信。商人被放走了，信却留下了。书信的内容疑点重重，于是付德芳就被带走调查了。

得知这一切之后，汪兰找到了郑桐，她希望郑桐能伸出援手帮付德芳一下。她把这想法对郑桐说了。

郑桐神色慌张地把门掩上了，压低声音说：汪兰，都什么时候了，你还说这种话。这次血洗可是毛局长亲手抓的，他们的口号是，宁错杀十人，不放过一人。

汪兰无奈地说道：就没有别的办法了么？

郑桐摆弄着手中的笔压低声音说道：我们也要人人过堂了，你也要小心点。

没几天，保密局开了一次大会，就在会议上，几名处长突然被闯入的十几名荷枪实弹的卫兵押了出去。整个会场，充满了恐怖气氛。那一段时间，身边熟悉的人，今天还好好的，第二天便神秘地失踪了。没人知道去向，谁也不敢打听。一时间整个保密局风声鹤唳，人人自危。相互之间，不敢多说一个字，只能用表情代替此时的心情。

后来人们才知道，这次血洗行动是蒋经国发起的。蒋介石为了削弱毛人凤的势力范围，指派蒋经国插手保密局的工作，因此，有了这次大规模的血洗行动。

付德芳只能说是这次血洗行动的受害者，一部分人被枪决，还有一部分人被判了刑。付德芳就属于判刑这一拨的。

付德芳临押走执行刑期之前，在郑桐的关照下，汪兰见了她一面。短短的时间内，付德芳已经换了一个人似的。她披头散发，神经已经到了崩溃的边缘。她直勾勾地望着汪兰，好半天才认出来，嘴里喃喃地说：你是汪组长？

汪兰上前，隔着栏杆抓着付德芳的手道：德芳，妹妹，你怎么这样了？

付德芳就哭了。她一边哭一边说：姐姐救救我，我是被冤枉的。

汪兰也哭了，为这个无辜的姐妹。最后她还是无奈地离开了看守所，她的耳畔回响着付德芳凄厉的喊声：姐姐救我——

这次血洗行动，给汪兰的工作带来了很大的麻烦。开始时，电台管理很乱，留在大陆的各个特务点都需要联络，频率也是五花八门，就是想监控也无法做到。汪兰就是利用了敌人的这种混乱，在值班时发送和接收电报。

经历过这次动荡之后，她只能启用自己宿舍里那部电台。那部微型电台是她从重庆带来的。

中央指示让她尽快查明空降组到重庆执行任务的计划，她现在还无计可施。她在等待机会。

这样的机会，在不久后的一天终于等来了。一份发给重庆一号的密电引起了她的注意。电文是另外一位电报员发的，因为是发给重庆一号的电文，电报员在发报时，她默记了那组数字，并偷偷地把那封电报翻译了出来：重庆一号，继续协助老鹰完成天下一号任务。近日老鹰转道去重庆与你接头，暗号不变。

汪兰译完这份电文，她终于摸清楚，派往重庆的特务是为了完成名叫“天下一号”的任务。也就是说，老鹰这个人，一定会从香港登陆。看来敌人改变了登陆策略，空降不成，改成了转道香港。“天下一号”又是什么任务呢？

在那天中午，汪兰拉上了窗帘，她把电台从床下取出来，完成了汇报任务。她之所以选择白天和大陆联系，完全是因为现实的条件，如果夜深人静，电报声音会传播出去。她的宿舍周围住的都是电报组的人，楼上和楼下也住着保密局的人。

这栋房子是临街的，不远处就是一家菜市场，那里的吆喝声不断，还有许多小商贩直接来到他们楼下进行叫卖。因为杂乱，所以在这个时段是安全的。

她发完电报，静等着大陆的最近指示。没多久，微弱的信号传了过来，她完成接收，又收拾好电台。那一组数字被她译了出来：尽快查清天下一号的具体任务。接着，汪兰把那张小小的字条烧毁了。她倚在床头，脑子里便尽是“天下一号”了。

老鹰行动

军管会办公楼共有两层地下室。国民党在时,这里的地下室曾作为防空的用途。此时的地下室也是人防工程的一部分,同时作为仓库,里面堆满了桌椅板凳,以及办公用品。

警卫战士巡逻时发现了地下室被挖了一个洞，军管会整栋楼里的人立马紧张起来。马部长带着秦天亮和王百荷查看了那个被挖出来的洞。洞不大,只能容一个人的身子进入,洞的另一端是院外一排平房中的一间,当他们顺着洞子找到那排平房时,早已人去屋空了。

马部长和秦天亮又回到空空荡荡又有些杂乱的地下室，这里显然被翻动过了,有几处的墙砖也掉落下来,毫无疑问,有人在这里找寻过什么。

马部长和秦天亮回到办公室时,都沉默下来。两人一边吸烟,一边沉思。

马部长说:特务显然想在这里寻找什么东西,天亮你分析分析,这里会有什么东西呢?

秦天亮说:这里曾经是“国防部”的保密室,许多文件都曾在这里放过。他们撤退搬家时,能带走的都已经搬走了,没用的带不走的,也都销毁了。

马部长一拍大腿道:这件事肯定和天下一号有关。

秦天亮站起来,踱着步子说:他们到底想要找什么呢?

马部长说:就是机密文件,他们还没有找到,天亮你马上带着人,就是挖地三尺也要把这东西找到。

秦天亮带着警卫连的人,在地下室里搜寻起来。

这个警卫连已经不是原来那个警卫连了。

李援突然死在看守所里。明眼人一看就知道,这是内部人干的事。

李援死后,警卫连长紧急集合清点人数时,发现一个姓刘的排长跑了。显然这个姓刘的排长和这件事情有关。为了杀人灭口,那天中午给李援送饭,就是这个刘排长带的班。这个刘排长在解放重庆外围战时,是一名解放过来的战士,部队进城时,他提供了一些有用的情报,找到了一些军火,因此立了功,不久就被提升为排长。

看来这个排长也是隐藏在队伍内部的特务。李援的事情发生后,军管会内部进行了一次整顿,有许多身份不明的人都被调离了岗位,就是警卫连也进行了一次大换血。

为了这件事,秦天亮在马部长面前做了检讨,因为这个警卫连换岗是他提出来的,结果刚换岗,就发生了这样的事情。

秦天亮眼看着李援死了,即将审问出的情报又断掉了。当他看着战士把李援的尸体抬出去后,他差不多都要崩溃了。他当然知道,是通过自己的手杀死了李援。一个情报的重要线索断了,这给革命工作带来的损失是不可估量的。

有几次,他已经站在马部长办公室门外了,想把自己知道的秘密一股脑地汇报给马部长,他几欲举手敲门时,耳畔又回响起梁晴和孩子的声音,他举起的手又放下了。

有一次,他站在马部长办公室门前,马部长突然来开门,看见了站在门口的秦天亮。马部长问:天亮,你有事?

秦天亮看见马部长手里拿着笔记本,是要开会的样子,他到了嘴边的话又咽了回去。秦天亮站在那里,语无伦次地说:有项工作要向你汇报,可我还没想好。

马部长笑笑道：天亮，怎么吞吞吐吐的？这可不是你的风格。

秦天亮就尴尬地笑一笑，转身走了。马部长疑惑地望着秦天亮，也摇摇头走了。

这件事情过去两天后的那个晚上，江水舟突然敲开了秦天亮的房门。

江水舟像一缕邪风似的从门缝里挤了进来，秦天亮盯着江水舟。

江水舟摘下帽子，走到客厅里，拉过一把椅子坐了下来，阴阳怪气地说：天亮，我知道你怕见我，你的眼神像是恨不能立马把我抓起来。

秦天亮把头扭向别处。

江水舟又干干地笑一笑道：我知道你现在很犹豫，时刻想向你们的上级说出真相。

江水舟说到这，从兜里掏出两根金条放到桌子上，然后说：这是给你的奖励。

秦天亮说：你把这些东西收回去。

江水舟站了起来，望着秦天亮说：这东西不脏，你花我花，还是给别人花，结果都是一样的。

秦天亮说道：江水舟，我不会再给你们干任何事情了，以前的事情就到此为止了。请你立马从我眼前消失。

江水舟一副嬉皮笑脸的样子，他一边从怀里掏着什么，一边说：天亮别急，我还有更重要的东西送给你呢。

说完，他从怀里掏出一张照片，那是梁晴和小天的近照，梁晴拉着小天的手，站在一所房子的外面，她们似乎在向远方张望着什么，显然这张照片是在梁晴不知情的情况下拍摄的。

江水舟把这张照片递过来，手指着照片说：这是夫人和孩子在台湾的家，他们生活得很好。他们在担心你的生活。

他又从衣袋里掏出一个录音机，在秦天亮面前摆弄了一下说：你不想和他们说点什么？我保证把你的声音带到台湾去。

说完把录音机打开了。

秦天亮望着那台已经处于工作状态的录音机，仿佛眼前站着梁晴和小天，他有千言万语想对他们说，可是一时又不知说什么好。半晌，又是半晌，他哽咽着说：梁晴，我对不起你——只说了一句，便再也说不下去了。

江水舟见秦天亮转过身去，便关掉了录音机：怎么不说了？

突然，秦天亮背着身子指着门说：姓江的，请你立马在我眼前消失。

江水舟笑一笑，收拾好东西，拉开门，留给秦天亮最后一句话：天亮，这次咱们配合得不错，后会有期。

说完又像一股邪风似的飘走了。

秦天亮只想把这“天下一号”这个谜底揭开。他带着警卫连的人，在地下室里一连找了两天，每件物品、每道砖缝都检查过了，仍然一无所获。

当他把这一情况汇报给马部长时，马部长叹口气说：既然特务没有找到，我们也没有找到，敌人是不会善罢甘休的。今天有老鹰行动，明天说不准还会有什么乌鸦行动。

秦天亮就一脸丧气的神情。

马部长突然话锋一转说：天亮，这段时间你的气色可不好。

秦天亮抬起头，下意识地摸了一下脸道：马部长，没什么，可能这两天没睡好觉。

马部长关心地说：天亮，你一个人没人照应，这样下去肯定不行。

秦天亮明白马部长这话意味着什么，他有些走神，没有回答马部长的话。

马部长就又说：用不用我帮你张罗一下，你觉得王百荷这位同志怎么样？

秦天亮没有料到马部长这么单刀直入。

秦天亮叫了一声：马部长——他刚想要说什么，马部长摆摆手道：天亮，你的心思我明白，梁晴和孩子为了革命事业牺牲了，我知道你心里一直缅怀他们，组织也没有忘记他们。但我们不能只往后看，还要往前看。革命还要继续，生活也得继续，天亮，你还这么年轻。最近我发现你的情绪有些不对劲，以前你可不是这样的人，多危险的事，多大的困难，你都能积极地去面对。可现在这是怎么了，难道梁晴和孩子牺牲这道坎，对你来说挺不过去了？

秦天亮望着马部长。眼前的马部长是他最信赖的人。马部长是他的入党介绍人，也是他把自己引到了革命的道路上。做潜伏工作时，他一直和马部长保持单线联系，现在马部长又是他的直接领导。从感情上来说，马部长就是他的亲人。

此时的秦天亮觉得有万语千言要对马部长说，又一时不知从何说起，他只能红着眼睛望着马部长。

马部长又说：百荷同志可是个好娃娃，她出生在沂蒙老区，十三岁就参加了革命，入伍后她一直在我身边工作。重庆解放前，我一直在给她讲你的故事。她不知道你是谁，但我看得出，那会儿她就开始崇拜你了。现在，我发现，她已经喜欢上你了。天亮，我是过来人，百荷那丫头的眼睛可瞒不过我。明天是周末，你到我家来坐坐。尝一尝你嫂子做的湖南菜，好久没有吃过家乡菜了吧？

秦天亮在那个周末，走进了马部长的家。他们的宿舍在一栋楼里，但和秦天亮不在一个单元，马部长现在住的房子，就是以前老都住的房子。以前，他到老都这里坐过，对这里的一切并不陌生。他走进来之后，还是发现这里一切都变了，变得比以前宽敞明亮了。

马部长的爱人以前在湖南长沙时就见过，那会的马部长爱人是学生会的领袖，他们都叫她大姐。

秦天亮叫了一声:大姐——

望着马部长爱人,秦天亮不由想到了在长沙大学里做地下工作时的情景。

马部长爱人热情地招呼道:天亮啊,你坐。大姐今天给你做家乡饭。

马部长爱人自从进城后,就到物资局去上班了。抗美援朝已经爆发了,地方工作的一切都是为了支援前线,物资局的工作比别的地方都忙,她也难得有一天休息时间在家里。

秦天亮走进里屋时,发现王百荷已经比他先到了。王百荷正在忙着沏茶。

马部长把他带到客厅后,朝他使了个眼色说:你们先聊着,我帮你大姐去做饭。

说完,马部长走了出去。

秦天亮望着王百荷一时不知说什么好。王百荷却热辣辣地望着他,一直望得他低下头去。

王百荷突然大笑起来。秦天亮抬起头来道:你笑什么?

王百荷却收住笑道:你一点也不像马部长说的那样。

他又问:怎样?

王百荷就说:马部长说,你深入敌人内部,每次都能把情报传递出来。你是敌人内部的大英雄。

秦天亮腼腆地道:我不是什么英雄。

王百荷说:看你现在这个样子,真不像传说的那样。

那天的饭吃得很圆满,也很热闹,说说笑笑的一顿饭就吃完了。

席间,马部长一直在介绍着王百荷,然后又数说秦天亮,媒人的角色马部长做得可以说是水到渠成。

傍晚时分,秦天亮和王百荷从马部长家走出来。一出房门,两个人一下子就冷了下来。秦天亮在前,王百荷在后。

王百荷突然说:秦天亮同志,你是不是对我有意见?

秦天亮立住脚,回望着王百荷。

王百荷就站在秦天亮面前道:有什么意见你说出来,我以后改。

秦天亮说:王百荷同志,你很好,身上有那么多优点,这一切都值得我向你学习。

王百荷不解地望着秦天亮道:那你怎么对我这个态度?

秦天亮叹了口气,转身走了。

王百荷怔怔地望着秦天亮远去的背影,突然,她的泪水流了出来。

眷村

都副站长的夫人，几乎成了眷村这些女人的领头人。

刚开始，她们被安排到了眷村，以为她们的丈夫不久后也会回到这里。眷村逐渐人满为患，队伍上的老兵和他们的家属陆续安排到了这里，可她们的男人迟迟还没有回来。她们每日都要聚在眷村门前的小巷子里，打探着自己的丈夫和关于大陆方面的消息。

她们先是听说，流窜在西南的国民党部队被打散了，好多人都到了缅甸的金三角。原以为留在西南的队伍倚仗着山高林密，会打几年游击战，然后配合台湾反攻大陆，一举完成收复大陆的壮举。谁料有许多四散而逃的军官，最后辗转着从香港来到了台湾，也住进了眷村。许多消息，都是这些老兵带回来的。台湾当局一直封锁着真实的消息，他们通过电台和报纸，一直宣传着凭空捏造的好消息：某月某日，我军在大陆某某地歼敌多少；某月某日，我登陆作战部队，打了几次胜仗……从这些消息上看，反攻大陆的胜利已经指日可待了。

可那些战败回来的老兵，他们的脸上都写满了沧桑和疲痛。他们常常会坐在眷村门前，长时间地眺望着海峡方向，而后，喃喃自语道：老家回不去了……禁不住热泪长流。

这些老兵的情绪影响着保密局这些家属们。她们知道，她们的丈夫就留在大陆，她们的丈夫正躲藏在阴暗的角落里饱尝着挨冷受冻的日子。一想起这些，她们就想到和丈夫们在一起的幸福岁月。从上岛那一天，她们就把自己当成了寡妇。想起往事，哪怕这里有个风吹草动，她们都会泪水涟涟，哭天叫地。

都副站长的夫人张立华，已经没心思穿旗袍，更没心思梳头洗脸了。每天一大早，她脸不洗头不梳地站在院子里，昨夜梦中哭过的泪痕还没有擦去。听着周围的邻居老婆哭、男人吼的人间世俗之声，她又悲从心来，一屁股坐在院子里，拍腿打掌地又哭开了。她一边哭一边唱歌似的说：我的天哪，这可怎么好哇，我们的男人在受冻挨饿呀，扔下我们来到这个小岛，我们天天守活寡，夜夜守空房……

张立华的哭闹顿时引来了许多女人的围观。有的抱着孩子，有的牵着孩子，默然地站在一旁，望着披头散发、拍掌打腿的张立华。她们感同身受地想起了自己的命运，一时间也悲从心来，扯开嗓子哭开了，有的女人甚至也坐在了地上，加入张立华的阵营中来。

哭着，闹着，喊着，张立华突然抹一把眼泪说：姐妹们，我们被骗了，当初我们上飞机，眼睁睁看着我们的丈夫留下了。我们现在还活着，可我们的丈夫呢，他们是死是活没人知道，还不如当初我们也留在大陆。只要和我们的丈夫在一起，就是被判刑，被杀头，也比这样守活寡好。

她的话引来了更多人的共鸣，一时间，许多女人抱头痛哭起来。有几个原本还算冷静的女人，想劝劝她，没想到刚说了几句劝慰的话，自己忍不住也哭了起来。

哭了一气似乎让她们清醒了一些，张立华就振臂一呼说：姐妹们，咱们到保密局去要人，是毛人凤把我们的丈夫留在了大陆，我们找他要人去！

众女人也一起应和着，于是，一队披头散发的女人，哭哭啼啼、踉踉跄跄、携子牵女地向“国防部”走去。

这种哭闹，已经无数次了，她们知道最后的结局是什么，无非是被劝阻回来，并被施以小恩小惠，但最后还是回来了。

梁晴拉着小天的手目送着这些女人远去的背影，心中说不清是什么滋味。儿子小天仰起脸冲母亲问：妈，咱们为什么不走？

梁晴蹲下来，看着孩子的眼睛道：咱们和她们不一样。

小天又问：妈妈，爸爸什么时候回来？

梁晴望着小天一时不知如何作答。半晌，她把孩子抱在怀里，俯在孩子耳边轻轻说道：爸爸不会来这里，咱们有一天要回到大陆去。

天真的小天又问：妈妈，哪里是大陆？

梁晴望着远方，手指着南方说：在那里。

小天又问：妈妈，我们回大陆还坐飞机么？

梁晴就不知如何回答了，她把孩子抱到怀里，喃喃地说道：我们要回家，去找爸爸。

梁晴觉得组织不会把自己和孩子扔到这里不管。总有一天，组织上的人就会和她接头，她一直坚信台湾有自己的组织，有自己的人。

前些日子，保密局的人挨个找眷属们录音，他们教眷属们如何说话。地下工作经验告诉梁晴这是敌人政治工作的一种手段。她一直机警地告诫自己，不能上敌人的当。她录音时，想了半晌才说：天亮，我和孩子都好，不用牵挂我们，信念比生命更可贵。

她的言外之意是，为了理想和信念，就是有一天牺牲了，也是值得的。

她来到岛上那一天，就做好了牺牲的准备，因为她和那些生活在眷村的女人不一样。她们去保密局要她们的男人，她不能去。

果然，没多久，这些家属们就被送了回来，她们的屋里多了些米面，也许，这就是最好的安慰了。

她们这些女人，也同样被录了音，她们说了许多话，好像在冲着自己的丈夫，情真意切，泪水涟涟。

没多久，她们就在电台里听到了自己的声音，她们的声音一律被剪辑了。梁晴意识到自己被他们利用了，她和那些女人一样，成了敌人的家属。

梁晴开始担心秦天亮了。她无法和秦天亮取得联系，她说不清天亮是不是被敌人利用了。如果秦天亮为了她和孩子的安危，帮助敌人做事，那她就有天大的罪过了。

上次的自杀没有成功。她觉得自己很傻，就是她自杀了，敌人完全可以封锁消息，秦天亮是不会知道的。

从那以后，梁晴坚信自己一定要好好地生活下去，把小天拉扯大。活一天，就多一分希望。

全国都解放了，一个小小的台湾也坚持不了多久了。她开始关注新闻了，电台和报纸，她天天听，天天看。虽然敌人隐瞒了许多真相在做着他们需要的宣传，但她能通过这些表面现象，看到实质。

多年的地下工作练就了她明辨是非的本领，从秦天亮身上她也学会了许多地下工作的经验。现在这份经验用上了。她学会了坚持和等待。她从敌人的电台和报纸上了解到，解放军已经屯兵在厦门和漳州了。

她似乎看到了不久后台湾被解放的希望，但是不久，抗美援朝爆发了。志愿军大举北上，跨过了鸭绿江，在和美国为首的联合国军进行一场旷日持久的朝鲜战争。

梁晴每天听收音机、读报纸，这成了她生活的习惯。每天夜深人静的时候，她都会把收音机调到大陆对台广播的频率上。当播音员用亲切甜美的声音说出“亲爱的台湾同胞们你们好”时，她的眼泪便不由自主地流了下来。

虽然她只能通过远隔千山万水的电波了解着祖国，但此时，她听着乡音，觉得祖国和亲人是如此之近，仿佛就在她的身边。

有一天，她梦见秦天亮满手是血地站在她的面前，无比痛苦地说：梁晴，我对不起你，对不起党。

她在梦里冲他哭喊着：天亮，你不能帮敌人干事，你不能，你是一个坚强的战士——

她这么喊着喊着就醒了，清白的月光从窗外洒进来，屋里的一切冷清而又现实。

她大睁着眼睛，好半晌才回过神来。她手捂着胸口，一颗心怦怦乱跳。脸上是湿的，一摸是泪。

她喃喃地叫了一声：天亮，你可别干傻事呀——

她把孩子拥在怀里，偷偷地饮泣着。许久之后，她望着清冷的窗外，在心里说：组织上怎么还不来和自己联系呢？

她离开了组织，就像一只离群的孤雁，孤单凄惶。

潜伏与爱情

汪兰出事了。

她出事的原因还是出在电台上，她发送电报的信号被监视了下来，很快便被锁定了。当警务人员闯进她房门的时候，她还没来得及收起电台。

汪兰一点也没显得惊慌，她站在那里，像什么事也没有发生似的看着进来的人。

来人就问：你刚才发电报了？

她没点头也没摇头。

来人又问：这是电台？

她点了一下头。

来人就说：把她带走。

几个人上来把她押了下去，还有两个人小心地把电台收了起来，这是她的证据。

汪兰早在潜伏的时候就已经把这种被捕的场景想过无数遍了，在假想中幻想着自己被捕时的情景，一旦真实出现了，她并没有显得过分紧张，甚至冷静得很。

她是老特工了，当然对这一切都有准备。她不卑不亢地走到楼下，当两个押解人员动手往车里推她时，她回过身来冲两个士兵不满地说道：礼貌点，我自己能上车。

汪兰就这样被一辆车带走了。

保密处长郑桐几乎是在第一时间获得了汪兰被捕的消息。他是保密处长，电台又是归他管理，汪兰出事，他当然会第一个知道一些内情。

当他得到汪兰被捕的消息时，他一动不动地坐在椅子上，望着来人一句话也说不出来。

来人看了他半晌道：处长，还有什么事么？

郑桐缓缓地问：你说她被抓时刚收完电报。

来人点点头。

郑桐又呆坐在那里，一言不发。突然，他把手里的钢笔拧断了，墨水流了出来，滴在地上。

来人小心地问道：处长，还有事么？

他摇摇头。

来人便退了出去。

许久，他站了起来，走到窗口望着窗外。外面下起了雨，雨丝稠密地落着，像他此时的心情。

从情感上说，他不相信汪兰会是共产党，但汪兰被稽查队的人抓住了，而且人赃俱全。他立在窗前，望着稠密的雨，就像自己站在雨中。一霎时，汪兰过往的音容呈现在了他的眼前。

他第一次见汪兰，是在她第一天到保密室报到时。他是保密室主任。汪兰穿着少尉军装，在他门前喊了一声：报告。

他就看见一个楚楚动人的女生站在了他的面前。

她说：郑主任，都副站长让我向你报到。

他问道：你就是汪兰？

她就清脆地答道：我就是汪兰。

他的眼前一亮，从此，他的心里就多了一份念想和一抹亮色。在保密局这种沉闷压抑的生活中，一想起汪兰，他的心情就舒缓起来。从那以后，他的目光会长时间地停留在汪兰身上，包括她的气味。他仿佛是一块铁，她就是磁石了。

来到台湾以后，这种情景越来越强了。他一天看不见汪兰，心里便空空荡荡的，甚至会失眠。在漫漫长夜里，他睁眼闭眼，都是汪兰的影子。

得知汪兰被捕的那一瞬，他下意识地想到要救她。

汪兰被捕后，稽查队便在第一时间对她展开了审讯。

此时，汪兰被撕去了领花和徽制，只穿了一身军服坐在一只凳子上。头上点着很亮的灯，灯影聚在她的身上。三个人坐在桌后的暗影里，鬼气森森地望着她。

稽查队长问：你在给谁发电报？

汪兰不答，她闭上了眼睛。

稽查队长又问道：你是何时加入共产党的？

汪兰仍不答。

从被捕到现在已经有两小时了，在这两小时的时间里，她的思路清晰了，她要开始反击了。

稽查队长拍了一下桌子道：不想说是不是？我和共产党打交道多了，刚开始都是这一套，到后来他们不说也得说，你也是一样。

汪兰笑一笑，睁开眼睛说：让郑处长来，他来我才说。

稽查队长看了看身边的一个人，点了点头，那个人出去了。

没多久，郑桐来了。随同郑桐来的还有稽查处的吴处长。吴处长个子不高，戴着眼镜，属于短小精悍的那一种。

原先审讯的那几个人纷纷站立起来。吴处长摆摆手，那几个人又坐下了。

郑桐看见了汪兰，走了过去，他立在汪兰面前，看着汪兰说：汪兰，我来了！

汪兰冲着郑桐笑了一笑道：处座，他们问的可都是咱们的机密，没有你同意，我是不会说的。

郑桐举起手想在汪兰的肩上拍一下，或者抚摸一下，但最后他还是停了手，手指尖在汪兰身边划了一个弧度，最后他整理了一下军装，清清嗓子道：我郑桐来了，有什么话就说清楚。

郑桐说完，坐在稽查处长身边的椅子上，示意稽查队长开始问话。

稽查队长盯着汪兰继续问道：你的电台从哪来的？

汪兰看了眼郑桐：处座，可以说么？

郑桐点点头。

汪兰说：这是我从重庆带来的，在重庆时这是一只备用电台。我是电报组组长，按权限我有权力支配这部备用电台。按理说，这部备用电台，我可以扔在重庆，但我把它带来了。保密局的电台够用，我就一直放在家里，留着备用。

稽查队长看了眼郑桐。

郑桐挺了下腰板道：汪组长的话，我可以作证，她说的是实情。

稽查队长又问：给谁发的电报？

汪兰又望了眼郑桐，郑桐又点了一次头。

汪兰说：请你们把从我家查抄的电报稿给郑处长看一看。

稽查队长从桌子上找到那一串数次抄好的电报稿，递给郑桐。

郑桐看了一眼道：这是发给成都三号的电报，怎么到这里来了？

稽查队长看了眼吴处长，吴处长也一头雾水的样子。

汪兰此时的心已经完全放下了，她拢了拢头发道：处座，下面的话我能说么？

郑桐看了眼吴处长道：都是自己人，汪兰你就说吧。

汪兰看了眼那张电报稿道：电台一直在联系成都三号，五天前就联系不上了，这份电报发送不出去。我们电台一直在联络，还是联络不上。后来我就把这份电报拿回到宿舍一直在和成都三号联络。在你们抓我之前，成都三号还没有联络上，最后我联络到了成都二号。把电报传给了他。

说完汪兰站起身，回转过身子，从内衣里又掏出一份电报，那张电报已经叠成了一条窄窄的字条，她把这份带着自己体温的字条递给郑桐道：处座，这是成都二号的电文，我还没来得及交给译电组。

郑桐看着电文，递给身边一个警卫道：马上交给译电组，把结果带回来。

警卫应声而去。

稽查队长又道：我们监察你有很多天了，你所发的电报波长并不固定，好像并不是只发往成都。

汪兰看了眼郑桐道：处座，这个也需要说么？我们电台联络的可并不是成都和重庆，整个大陆由保密局留下的潜伏组织，都是我们联络。处座，是不是需要把整个联络点的秘密都说出来？

郑桐看了眼吴处长道：吴处，我看这个就没必要了吧。要是这个都泄了密，我郑桐可吃不了兜着走。除非毛局长同意，否则我郑某可没那个权力。

稽查处长会意地笑了笑道：既然这样，我看就没那个必要了吧。

正在这时，去译电组送电文的警卫回来了，警卫把电文呈给郑桐。郑桐看了一眼，立马沉下脸道：吴处长，不能奉陪了，我还有要务去向毛局长汇报。

说着，他向前走了两步，但接着又回过身来道：吴处长，汪兰是我们保密处的人，人是你们抓的，你看？

吴处长的目光在镜片后闪了闪道：请郑处长放心，我一定妥善处理好。

郑桐看了眼汪兰。

汪兰冲郑桐说：处座，该说的我都说了，不该说的，没有你的命令我是不会说的。

郑桐道：如果还说不清，咱们就找毛局长本人当面说清楚。

说完，他看了眼稽查处长，转身走了出去。

吴处长看了眼稽查队长，脸不是脸鼻子不是鼻子地走了出来，稽查队长也跟了出来，他们直接走进了审讯室一旁的办公室。

吴处长望着稽查队长小声问道：怎么搞的？

稽查队长回道：我们都监视她三天了，以为这回能逮个大的，谁承想会变成这样？

吴处长冲稽查队长蹙着眉头道：你们想拿赏钱的心情太迫切了。请神容易送神难，你没看那个郑桐的态度，他到毛局长那里，不定怎么说我啦！

稽查队长心里一下就没了主意，忙问道：处座，那你看这事？

吴处长不耐烦地挥了挥手，说道：还看什么？放人！

稽查队长心有不甘，又问了句：真放了？

吴处长气大声粗地说道：不放人，还在这里供着她呀？！

吴处长说完转身走了出去，留下发呆的稽查队长，半晌没有回过神来。

外面汽车声响起来时，稽查队长突然清醒一般地举手抽了自己一个耳光，然后，硬着头皮向审讯室走去。

重新回到宿舍的汪兰，看着被翻乱的家，一屁股坐在沙发上。虽然是一场虚惊，但这种劫后余生的后怕仍袭扰着她。这一切，都是她一手导演好的，每次向北京发送电报，她都会想好种种理由和借口。这一次，她的确是以联络成都三号为名，在向北京发报。电报刚发完，她还没来得及销毁电报稿就听到了楼道里的脚步声，她只能把电报稿放到了嘴里。门被打开时，她已经把电报稿咽了下去，那一刻她就像吃了一颗定心丸。

这一次她一半是自己救了自己，另外一半是郑桐救了她。

关于这个电台，在重庆时郑桐的确见过，到了台湾后，这部电台郑桐没问起过，她也没有说过，没想到的是郑桐这次和她配合得这么好，几乎是天衣无缝。她感激郑桐的同时，只能是暗自庆幸了。

成都二号的电文是她从电台里拿来的，她没有交给译电组，而把它当成了最后一道护身符。没想到，这最后一道护身符真的起作用了。

傍晚的时候，楼道里响起了脚步声。这脚步声不紧不慢，有些自信又有些犹豫。从声音上判断，这是郑桐的脚步声。

到这时，汪兰的心情已经恢复了过来，她正对着镜子看着自己，敲门声就响了起来。

她打开了房门，郑桐身穿便装怀抱一束鲜花站在了她的面前，他微笑着把花束递了过来。她接过花，顺手把花插到花瓶里。

他并没有离开的意思，伸着手做了个请的姿势道：请你吃个便饭，为你压惊。

汪兰顺从地走了出来。来到楼下时，郑桐把自己的手臂伸了过来，她微笑了一下，接着挎起他的手臂向前走去。

那天晚上，两人在一家西餐厅里吃饭，郑桐要了红酒。

汪兰率先举起了杯子冲郑桐说：谢谢处座。

郑桐道：谢我什么？

汪兰眼圈一红：要是没有你，也许我还被他们关押着。

郑桐道：他们也就这点能耐，对付共产党不行，对付自己人一套一套的。

汪兰感激地望着他说：不管怎么说，没有处座的保护，我怕很难过了这一关。

郑桐说：他们稽查队的人想赏钱都想疯了。说完一口喝光了杯中的酒。

郑桐一边倒酒一边说：就算你真的是共产党我也不会把你交出去。

说完郑桐目光灼灼地望着汪兰。

汪兰把头低下去。

郑桐突然说：什么反攻大陆，那都是他们美好的幻想。成都三号落网了。二号也在逃跑之中，那封电报是他发来的，可能也是最后一次和咱们联络了。

郑桐颓然地坐在那里。他一杯接一杯地喝酒，然后冲汪兰说：我们空有一颗报国之心，可没有报国之门，咱们是不可能再回到大陆了。看来，我们就要在台湾过一辈子了。

那天晚上，郑桐的情绪很不好，他歪倒在汪兰的怀里，走出饭店被风一吹，都站不稳了。郑桐一边走一边说：汪兰，以后咱们就是没有家的人了，大陆回不去了。我们没有亲人，回不去老家，我们这叫什么，我们只能算是客死他乡。

汪兰扶着摇摇晃晃的郑桐，一直把他送到宿舍楼下。

郑桐这时似乎清醒了一些，他一边握着汪兰的手一边说道：兰，从见你第一面我就喜欢你，上帝又把我们安排到了台湾。我们回不去了，汪兰，我们结婚吧。

话刚说完，他就扑了过来。他想把汪兰抱在怀里。汪兰闪了一下身子。他抱住了一棵树，然后就吐了。

重庆一号

因“天下一号”潜进来的特务，与老都会合了。这次带来的军管会大楼地下室的地图，清晰地标记出了“天下一号”绝密文件藏身的位置。确切的位置有了，可怎么走进军管会大楼却成了一道难题。

挖地道事件惊动了军管会，现在的军管会已增加了明岗暗哨。到了晚上，还有巡逻小分队不时地出没。

特务们知道，想走进军管会大楼比台湾反攻大陆还难。

台湾方面已经几次发密电催促重庆一号要尽快找到“天下一号”，并予销毁。老都以前曾隐约听说过这份文件，其实就是国民党和美国人的一份备忘录，这关系到和美国合作的事，但具体细节老都并不知情。

为了早日销毁“天下一号”这份绝密文件，台湾已经把奖金提高到了千两黄金，并许诺事成之后，不再潜伏，直接回台湾享受中将待遇。

老都身为职业特工，奖励多少黄金他并不关注，但能回台湾对他来说是最大的诱惑。国民党刚撤离重庆时，他接受了潜伏的任务，那时他是满怀雄心壮志的。可后来随着解放军进城，共产党掌管了重庆，潜伏的各种特务接二连三地被揪出来，罪大恶极的有的被正法了，有的被关进监狱；没有太大罪过的，教育了几天之后放掉了。虽然这些特务不属于保密局，但当时的格局是，重庆的特务网络有网有线，壮观得很。“国防部”撤走之前，曾给过老都一份特务网络图，关键时刻，可以打破组织，可以横向联络，并标注了联络方式和方法。随着特务们一个个被揪出来，那张特务网已经土崩瓦解了，只剩下保密局的这伙特务，还算隐藏得最深。暂时还没有被发现的重要原因，老都认为，什么爆炸、投毒、破坏铁路，都是一些小把戏，根本威胁不到共产党的要害。它们就像是一场毛毛雨，有时毛毛雨都不如。老都在等待机会，他要重拳出击，让台湾方面感受到“重庆一号”的分量。

老都蛰伏在巷子深处。他深居简出，不到万不得已，决不会迈出小院一步。他庆幸自己这一步棋很高明，在重庆解放前，他置办了房产，也做了假身份，他现在的身份是商人。派出所的人刚开始检查他这些证件时，他也紧张过，怕被看出破绽，后来检查的次数多了，他也就习以为常了。

政府组织人员进行户口和财产登记，他也去了。也就是说，他现在是共产党登记注册合法的公民了。如果没人检举揭发，他可以踏踏实实地一直生活下去。

老都相信自己潜伏的能力，其他势力的特务并不熟悉老都。老都是上线，他可以联系别的特务，别的特务却不能联系到他。只有保密局的这些人才熟悉他。为了慎重起见，他现在只和江水舟一人单线联系，每次和江水舟见面的地点也不固定，有时在茶楼，有时在饭店，还有几次跑到了郊区的山上。他现在不相信任何人。如果有一天保密局有人落网了，就是交代，也只能交代出江水舟那一层。如果江水舟进去了，他相信江水舟是不会招出他来的，江水舟的身上带着“绝命散”，这是他们到保密局工作前接受过的特殊训练。为了严守秘密，可以扼杀自己的生命，他们宣过誓。每个保密局的人出门时，都随身带着“绝命散”。有的把“绝命散”缝在衣领处，有的放在衣扣里，总之在危险来临时，在最短的时间内就能够得到，吃得着。

老都知道这“绝命散”的厉害，只要用舌尖舔一下，几秒钟之内，一个鲜活的生命便会结束。

老都和江水舟见面时，曾经观察过江水舟放“绝命散”的位置，就在江水舟衣领处。这让他很满意，所以他每次都会提醒江水舟：不成功便成仁，这是我们的命。

江水舟虽然时刻准备好了，也并没有让老都踏实下来。每次和江水舟见完面，他都会让江水舟先走。他从来不过问江水舟住在哪里，江水舟也不会问他。直到江水舟的身影消失片刻后，他才走。他时常采取声东击西的办法，明明家在北面，他先是往南，再往西，然后再向北。回一次家，他要走很大一个圈子，走在路上即便不回头，他后面也跟长了眼睛一样，这是多年特工生涯练就的条件反射。就是走回到胡同口了，有时他也不直接进来，停在胡同口一个摊位前，装着看东西，或者是买一两件小东西。他在停留时，眼睛也在四处打量着，待他确信没有人跟踪或尾随，他才用最快的速度走进巷子里。走进自己小院，反身锁上门，他还要背靠着门谛听一会动静。

老都对待秦天亮也有着自己的态度。秦天亮落网时，他的确大吃了一惊。在这之前他不是没怀疑过秦天亮，可以说他怀疑过保密局里的任何一个人，除了他自己。秦天亮的身上疑点最多，但是一直苦于没有证据。关于重庆和成都的城防图的制定，“国防部”一开始就怕泄密，制定了A和B两套版本，很少有人知道哪个是真哪个是假。

在最后时刻，秦天亮太想把这份计划传递出去了，结果弄到一个假的。也正是因为这个假的，秦天亮暴露了。

老都想在第一时间结果了秦天亮一家三口。他不想兴师动众，就是逮捕秦天亮时，保密局也只有他和江水舟知道。毕竟是他的内部出了这样的问题，抓住秦天亮不是功而是过。他不想把自己的过张扬得世人皆知。在秘密处决秦天亮之前，他突然想到了毛人凤。

结果是，这步棋让毛局长走活了。

秦天亮这个人让老都感到并不踏实，秦天亮带着老婆孩子能从南京潜伏到重庆，这说明秦天亮的耐性有着惊人的能量，他的心理素质不是一般人能具备的。

秦天亮的夫人和孩子转移到了台湾,的确成为了他们的人质,但这一切并不能说明秦天亮就会为自己所用。如果秦天亮这么好摆布,他早就不是秦天亮了。

江水舟一直想打秦天亮这张牌,被他制止了。他不是不想出这张牌,而是感到不放心,他要暗中观察秦天亮,要一点点地把秦天亮的心理防线击垮击碎,只有这样秦天亮才能为自己所用。

第一步是让秦天亮在收音机里听到老婆孩子的声音,告诉他老婆孩子的确安好地在台湾生活着。

第二步就是让他看到妻子和孩子的照片,视觉的冲击远比耳朵听到的更直接和巨大。

这一切都是给秦天亮制造的悬念。老都最担心的就是秦天亮见到自己组织后,说出夫人和孩子的真实处境,如果是那样的话,这条大鱼对他们来说就没有任何价值和意义了。这招放虎归山,也就成了一步险棋。种种迹象表明,秦天亮并没有向他的组织说出真相,这就给老都把握秦天亮留下了一份理论上的希望。

老都一直在琢磨研究秦天亮这张牌要如何打。说心里话,不管是台湾派人来,还是保密局原来潜伏下来的特务,老都都不抱任何幻想了。他现在只想尽快脱身,离开危险重重的大陆,到台湾和老婆团聚成为老都最大的理想和盼头了。

这样的机会老都终于等来了,"天下一号"成了他回台湾的跳板,他要抓住这样的机会,离开这里,全身而退。

老都想到了秦天亮,这是他手里最后的王牌。如果秦天亮能为自己所用,他就有可能成功,带着"天下一号"去台湾。

老都准备铤而走险,他要见一见秦天亮,在见秦天亮之前,他离不开江水舟这个跳板,他不想把自己逼上绝路。在茶馆里,他让江水舟出马约见秦天亮。

江水舟就得令而去了。

秦天亮和老都见面的地点选择在一个湖边。地点是老都定好后,江水舟告诉秦天亮的。秦天亮以为是江水舟找他。

秦天亮预感到江水舟这段时间会找他。“天下一号”还没有了结,看来台湾方面是不会善罢甘休的,秦天亮的预感得到了证实。

他站在湖边,并没有见到任何人。他怀疑自己搞错了地址,或者江水舟在玩什么花样,便想转身离开。他刚转过身,湖面的芦苇荡里就驶过来一条小船,撑船人穿着件雨衣,脸几乎也被遮住了,那条小船快速地驶了过来。来人叫了一声:天亮,请留步。

秦天亮转过身去,小船已经到了眼前。来人扯去脸上的遮盖,秦天亮看见了老都。老都笑容满面地冲秦天亮这边看过来。

秦天亮怔在那里,这是他和老都分手后,第一次见到老都。原来老都也没走。老都冲他招招手,小声地说:天亮,久违了。

秦天亮仍然怔在那里。老都说:天亮,上船一叙。

秦天亮回身望了一眼,这里仍然空空荡荡的,一个人也没有,他只能踏上小船。小船摇晃了两下,他还没有立稳,便向湖面驶去。那只小船在湖面转了一圈,最后来到了芦苇荡中。这里外面看不到他们,他们却能看到外面。

这一次约会也是经过老都精心设计的,他不仅定了约会地点,连逃跑的路线都设计好了,万一遭了埋伏,他也要有个退路。

小船在湖面上微荡着,老都从兜里掏出一盒烟,抽出一支递给秦天亮,秦天亮拒绝了。老都吸着烟,并不想说事的样子,而是和秦天亮聊起了家常。

他望着久违的秦天亮,上上下下地把秦天亮看过了,然后说:天亮,最近还好吧。

秦天亮不说话，望着老都。

老都就从怀里掏出一沓照片递给秦天亮。秦天亮不解地展开那些照片，这些都是关于梁晴和小天的照片。梁晴牵着小天在走路，梁晴在拿着一本书让小天认字，小天一个人在玩耍，小天在奔跑……这一组照片显然是抓拍的。

老都不说话，知道如何抓住秦天亮的软肋。

秦天亮看完照片，抬起头来。

老都就说：夫人和孩子在台湾生活得很好，天亮你不用操心。

秦天亮不知说什么，手里那些照片不知放在何处。

老都就说：这些照片，你留下对你不好，你们组织不是以为夫人和孩子遇难了么？

老都把照片拿过来，几把撕碎了，然后又抛在水里。

秦天亮望着湖面上漂荡的纸片，仿佛梁晴和孩子被人从他手上给夺走了。

老都拍了一下秦天亮道：天亮，咱们和夫人和孩子团聚的时间不远了。男人嘛，要学会坚强。

秦天亮从湖面上收回目光，望着眼前的老都。

老都又说：天亮，眼前的局势你比我还清楚。美国人和共产党的队伍在朝鲜交火了，知道这是为什么吗？这是美国人在帮我们，他们能在朝鲜上开战，说不定有一天就会在台湾海峡开战，那就是我们大举反攻大陆的时候，到那时，整个中国还会是我们的天下。

秦天亮望着老都仍一言不发。

老都又说：我们现在每做一件事，党国都给咱们记着呢，到那时两手空空，我们可没脸面对我们的党国。天亮，你现在的位置最有利于为党国做事，不要担心暴露自己，到时我会安排人让你去台湾和夫人孩子团聚。但一定要有成绩，没有成绩党国就是让我们去台湾，我们自己也没有颜面。

老都说到这，又点燃了一支烟，风吹得烟雾四散开来。

老都最后说：天亮，放开包袱吧，咱们是一条船上的人，别把船弄翻了，这样对谁都不好。当初毛局长指示放了你，其实他也是这个意思。

老都说完，把船划动着，穿过芦苇向岸边靠过去。

秦天亮从船上下来站到岸上，老都并没有下船，他冲秦天亮说：天亮，我会让江主任和你联络的。

秦天亮头也不回地走了。

老都坐在船上，一直望着远去的秦天亮，嘴角挂着一缕微笑。

那天晚上，老都在茶馆里又一次召见了江水舟。

江水舟一见老都就迫不及待地说：秦天亮怎么样，他说什么了？

老都没有说话，喝了几口茶。半晌，他用手指在桌面上敲着鼓点道：这个人我还吃不准。

江水舟说：他的老婆孩子还在台湾，他还能反水不成？

老都把茶杯放下道：咱们和共产党打了这么多年的交道，你还不了解共产党？他的夫人和孩子对咱们来说没有任何用处。如果秦天亮反水了，咱们就是杀了他的老婆孩子又有什么用？

江水舟就抬起头，望着老都说：站长，你说这人咱们用还是不用？

老都笑笑：当然要用，他对我们来说很重要，我们不能没有他。

说完，他从怀里掏出一个信封，递给江水舟道：让他把这件事干了。

江水舟接过信封道：是“天下一号”么？

老都突然不笑了，威严地冲江水舟说：当然不是。

江水舟怔了一下。

老都说：他办这事时，你一定要安排人盯紧了他，把整个过程报告给我。

江水舟道：明白。

秦天亮从江水舟那里拿到了一张地图，江水舟说，按照这张地图找到一个密码箱，这个密码箱对党国很重要。

江水舟也不清楚这个密码箱的存在是真是假。

这是一张重庆郊区一座山上的地图，那里有个山洞，洞里有两块石头，搬开那两块石头会有一个小洞，这个密码箱就放在这个小洞里。

秦天亮回到家里，便躺在了床上。他枕着手臂，望着天棚，又想到了那几张照片。此时此刻，它们过电影似的在他脑子里不停地闪现。

门被敲响了，刚开始很轻，最后就响亮起来。

秦天亮站起身，走过去开门。

王百荷一手端着菜一手提着酒立在门口。

王百荷不等秦天亮说话便走进来，一点也不把自己当外人地把东西放在餐桌上，又拉过椅子道：天亮，来，咱们喝几杯。

自从上次马部长安排自己和王百荷在家里见过之后，秦天亮不知为什么，总有些怕见到王百荷。走路时，有时看到王百荷从对面走了过来，他会绕着走过去。有些工作需要交代时，他也很少去正视她的目光。

今天王百荷突然又找到他，他只能硬着头皮坐在王百荷的对面。

王百荷用牙把酒瓶咬开，拿过两只碗，把酒倒在碗里。

王百荷就举起碗，迎着秦天亮不解的目光道：来，喝酒。

她不等秦天亮把碗举起来，就用碗在桌子上碰了另外一只碗，几口把酒干了下去。然后，她抹了一抹自己的嘴巴。

秦天亮吃惊地望着王百荷。

王百荷就说：天亮，你喝酒哇！

秦天亮迟缓地把酒碗端了起来，对王百荷的心思，秦天亮自然明白，从心里说，他非常欣赏王百荷，个性鲜明，敢爱敢恨，虽然年龄不大，但她的经历却异常丰富，可以说她是个出类拔萃的女英雄。他在心里只能暗暗羡慕着王百荷。

王百荷一边给自己倒酒，一边又说：天亮，我王百荷没有文化，是个大老粗，也不会说话，你看不起我。

秦天亮放下碗忙说：百荷同志，你说哪去了，马部长都说你是个女英雄，坚定的革命者，我要向你学习。

王百荷笑了一下道：天亮，你才是英雄，真正的英雄，打入敌人内部，传递出了那么多重要情报，我们能有今天，和你们地下工作者的贡献是分不开的。

王百荷说到这里，又端起半碗酒一饮而尽了。

饮完那半碗酒，王百荷突然眼圈红了，她说：天亮，你的夫人和孩子为革命牺牲了，我一想起就心疼，知道么？

她用手比画了一下自己的胸口道：是这疼。

秦天亮没有说话，他一口也喝光了碗里的酒。

王百荷说：天亮，你才是我心里的英雄，我和你比，什么都不是。

秦天亮只能冲王百荷苦笑。

王百荷显然喝多了，她摇晃着站了起来，有些醉意地说：天亮，我王百荷没文化，我知道配不上你，可我心里就是喜欢你，你在我心里拔都拔不出来。

王百荷说到这就哭了。

秦天亮手足无措地立在那里，一时不知说什么才好。他掏出烟来，点燃，狠命地吸着。

王百荷突然又把眼泪抹去，笑着冲秦天亮说：天亮，我今天把话说明白了，你爱咋想就咋想吧，来，咱们喝酒。

王百荷又去往碗里倒酒，秦天亮去拦，酒洒了出来。

王百荷说：我今天就是要喝酒。

秦天亮把酒瓶抱了过来，放在一边说：百荷你不要再喝了，你喝多了。

王百荷趴在桌子上，一边哭一边说：天亮，你躲我，不想和我说话，也不正眼看我，我明白你的心思，是我王百荷配不上你。

秦天亮站了起来，扶着王百荷道：百荷你喝多了，我送你回去。

他扶起王百荷走了出去。之后，他推开了王百荷的房门。这是一间单身宿舍，秦天亮还是第一次走进来。他把王百荷放到床上，让她躺下来。也就在这时，他突然看见了那张报纸。那是一张《山城日报》，报纸上有一篇重庆刚解放队伍进城时，宣传他做地下工作的报道。他胸前戴着大红花，站在主席台上领奖。

这张报纸王百荷还保存着。它显然是被千摸万读了，因为时间太久了，报纸的颜色都已经发黄发皱了。望着那张报纸，突然，秦天亮眼睛潮湿了。

他把那张报纸轻轻放下，帮王百荷把鞋脱去，又拉过被子盖在她的身上。

他转过身。

王百荷轻轻地说：天亮，天亮……

秦天亮转了一下头，看见王百荷闭着眼睛说着酒话。

但是，秦天亮还是头也不回地走了出去，关上房门，站在门口，靠在墙上。他听到王百荷在房间里仍然在呼唤着他的名字。

考验

江水舟在一天半夜时分敲响了秦天亮的门,门刚一开,江水舟就幽灵般地闪了进来。秦天亮要去开灯,被江水舟制止了。

秦天亮在黑暗中盯着江水舟说:我说过我不想再见到你。

江水舟脱下雨衣,雨点溅在秦天亮的脸上,他打了个激灵。江水舟抖抖雨衣说:秦天亮,你别忘了咱们可是一类人,要完咱们一起都完。

秦天亮咬着牙说:我和你不是一类人。

江水舟干干硬硬地笑了笑:秦天亮,别忘了你老婆孩子还在台湾。"国防部"给你下过委任状,封你为重庆救国军司令。

秦天亮突然揪住江水舟的衣领,脸对脸地冲着他说:那又能怎么样,我就是和你们不一样。

江水舟掰开秦天亮的手冷静地说:秦天亮,别那么激动好不好,你声音小点。要是惊动了别人,我跑不了,你也脱不了干系。

说完从雨衣兜里掏出一个信封,放在桌子上道:这是都副站长交给你的任务。三天后我还到你这里来。

说完话,他把雨衣穿了起来,又幽灵般地飘走了。外面的雨正大,伴有闪电在窗外划过。

秦天亮如梦如幻地站在那里,仿佛刚才的一切很不真实,但地上的一摊水渍,还有桌子上那个信封,这一切都证明江水舟刚刚来过。他多么希望这一切都是一场梦啊。可眼前的一切毕竟是真的。此时的秦天亮陷入了深深的痛苦之中不能自拔。

他后悔当初没有把事情的真相报告给组织，那时他脑子里一片混乱，梁晴和孩子去了台湾，成了人质，他的表现关系到梁晴和小天的安全。可也就是一念之差，让他在这条道上越走越远。

那时他一直幻想着尽快解放台湾，就像解放重庆和成都一样，只要解放大军进城了，梁晴和孩子又会重新回到他的身边，到那时他再说明事情的真相，既保护了梁晴和小天，同时也算是给自己和组织一个惊喜。

直到这时，秦天亮才意识到，自己当初的想法很幼稚，他错误地估计了局势。

真实的局势是，台湾没有解放，朝鲜战争便爆发了。志愿军北上，跨过了鸭绿江，正如火如荼地在朝鲜的土地上征战着。梁晴和小天只能在台湾继续水深火热着。

秦天亮此时感觉到，自己已经欲罢不能了。

秦天亮展开那张地图。地图并不复杂，可他不知道那里到底藏了什么东西。他想到了马部长。马部长一直是他的上级，他还是自己的入党介绍人。包括自己和梁晴潜入敌人的内部，也是马部长一手安排的。从那以后，他一直归马部长单线领导。潜伏时虽然不能和马部长见面，但通过马部长的指示，他和梁晴完成了许多情报工作。那时候，他一直觉得组织就在自己的身边，他感到安全可靠。

可自己的眼下，他分明受敌人的指控，背着自己的组织在给敌人做事。一想到这些，他就感到绝望，甚至还有种耻辱感。

他和梁晴是通过梁晴的姑姑潜进敌人内部的，此时梁晴的姑姑想必也在台湾，也许她的姑姑会照应着梁晴。毕竟她的姑父是毛人凤曾经的同事。

想到这，秦天亮的心里踏实了些，他再看那张地图时，心里竟有一种兴奋，是一种又一次打入敌人内部初期的那种兴奋。他要将计就计，把敌人的情况掌握了，然后把自己的事情再向组织和盘托出。

他来到郊区，找到了那座山，寻找那个山洞也不困难。看来绘制这张地图的人一定是受过专业训练。他走进山洞，山洞里还有一个小洞，洞口果然被两块石头封着，他挪开两块石头，就看见了那个牛皮做的密码箱，他提了一下那个密码箱，第一次竟没提动，第二次他用了力气，才把那个箱子提在手里。

秦天亮拖着密码箱来到洞口，借着微弱的光线审视着这个箱子。无论如何他要看清里面的东西，然后才能作出判断和决定。

打开这个密码箱对秦天亮来说并不会费太大的力气。他终于打开了箱子，里面竟全是金条。接着，他又把箱子里里外外都查看过了，发现只有金条时，就重新把箱子合上了。此时，他已经下定了决心，将计就计。

他按照江水舟的吩咐，拖着箱子走到山下，把箱子放到开来的车里。接着，他开着车，来到了另外一座山上，找到了那两棵歪脖树。之后，他把箱子放到一只树洞里，然后驾车离开了。

秦天亮走后不久，江水舟就带着两个人从不远处的草丛里走了出来，合力把那个密码箱拖走了。

晚上，那个密码箱被江水舟带到了老都面前。

老都喝着茶，望了眼密码箱。

江水舟说：整个过程我都看到了，他都是按照咱们事先的安排去做的。

老都笑了笑，把茶杯放下道：看来“天下一号”这项任务，咱们有希望了。

江水舟忙问：站长，你是说让他去完成？

老都胸有成竹地说：这次行动算是对他的考验。

江水舟接道：我料定他不敢反水，做也得做，不做也得做，别忘了，他的老婆孩子可在咱们手里。

听了这话，老都却一脸严肃起来：记住，“天下一号”事成之后，一定要把他做掉。

江水舟惊讶地张大了嘴巴。

老都说：留着他表面上看对我们会有用，但“天下一号”毕竟关系到整个台湾以后的命运，他是经手人，谁敢保证他没看过其中的秘密。留下他就是个祸患。

江水舟站起身来说：明白了！

老都拨动密码打开箱子，从里面拿出十余根金条交到江水舟手上，暗笑了一声：把这个交给他，得先让他尝到甜头。

江水舟看着金条道：人们都说共产党人不爱财。

老都点燃了烟斗，一边吸一边说：共产党也是人，别忘了“人为财死，鸟为食亡”的道理。他们不爱财，是因为他们没有财。

江水舟附和着老都笑了起来：站长，咱们执行完“天下一号”之后该怎么办？

老都眯着眼睛说：有人护送咱们去台湾和亲人团聚。

江水舟说：这样就太好了，这种提心吊胆的日子我过够了。

老都突然沉闷下来，他喃喃自语地道：看来反攻大陆遥遥无期呀。

江水舟问道：“天下一号”的任务什么时候行动？

老都摇摇头道：这个不能急，一定要让他尝到甜头。

说完，弯下腰又从箱子里抓出几根金条：把这些都送给他。

江水舟答道：明白！

江水舟又一次见到秦天亮时，是在一条巷子里。他似乎不经意间和秦天亮走了个对面。江水舟用身子撞了一下秦天亮，秦天亮立住了脚。就在这时，江水舟已经把装有金条的一个口袋塞到了秦天亮的手里，低声说道：拿着。

说完，江水舟就径直走去了。秦天亮一直回到家里才打开口袋，那十几根金条闪着光在灯下静静地放着，他顺手将它放到了抽屉里。

此时，他放心了。他知道这一切便意味着他们对他是放心的。取密码箱是他们对他的考验。也就是说，经过这次考验，他们认为他是合格的。

秦天亮知道，地下室的悬案就要水落石出了。

最近马部长一直被地下室这个案子困惑着，他经常独自来到地下室里，一站就是半天。他看看这，翻翻那，手里拿着个小槌，这里敲敲，那里打打，就像个考古学者似的。

马部长做这些时，秦天亮经常陪在一旁。他们都知道，这里藏着一个台湾方面的天大秘密，可秘密到底在哪，在没找到之前，这永远是个秘密。

再次来到地下室时，秦天亮站在马部长身后突然说道：马部长，这个秘密就要揭开了。

马部长回过身来，望着秦天亮，眼里掠过一丝讶异的光来。马部长咦了一声道：天亮，你要是把这个案子破了，我就给你记大功。

秦天亮说：我不要功。

马部长说：那你想要什么？

秦天亮笑了笑道：部长，这件事水落石出后我会找你长谈一次。

马部长看了眼秦天亮道：你小子还有秘密瞒着我。

秦天亮没说什么，躲过了马部长逼过来的目光。

马部长就拍一拍秦天亮的肩膀道：看来你小子心里已经有数了。

秦天亮牵了牵嘴角，淡淡地笑了笑。

那天晚上十点，秦天亮又听到了梁晴和小天的声音，同样，他们的声音又被剪辑过了。

秦天亮觉得心里一阵烦乱，便穿好衣服从家里走出来。来到院子里，他正好看见王百荷也坐在院子里的一块石头上，便轻轻叫了一声：百荷——

王百荷慢慢站了起来，说了一声：你也没睡呀？

两个各怀心事的人站在月光下，他们望着远方，久久都没有开口。

彼岸

梁晴在举目无亲的台湾想到了姑姑。姑姑是她的亲人，此时也是唯一可以亲近的人。来到台湾后，她曾带着孩子见过一次姑姑，姑姑事不关己、心灰意冷的神情，让梁晴感受到了无奈。

那时的梁晴还没有想好如何应对这样的处境，甚至不想因为自己而牵连到姑姑。随着时间的推移，离开组织的孤独感，让她的心就像飘荡的风筝。她惦念着大陆上的组织还有秦天亮，她不知道此时的秦天亮在干什么。根据地下工作的经验判断，她越安全说明秦天亮越不安全。

一来到台湾，自己便被扔到了眷村，那时这种临时住所还不叫眷村，只是一个又一个临时居住的类似村庄的棚户区。

保密局的人隔三差五地会找她和孩子来录一段音，同时还会留下一大把传单，那些传单她甚至都没有细看过，便当成引火用的废纸了。她自己关注的是大陆方面的对台广播，每到夜深人静时，把小天哄睡，剩下的时间，她便打开收音机，把头和收音机都被埋在被子里。听着乡音，她感觉自己的心离大陆近了，越来越近了。她从大陆的广播里，知道了海南岛解放了，整个西南地区也解放了，后来土地改革开始了，然后就是朝鲜战争。还有那些抓到的台湾特务，他们醒悟之后，开始对台湾讲话，让反攻大陆心不死的台湾当局，放下屠刀立地成佛……

每每听到大陆的声音，她孤独的心感到了温暖，涣散的斗志又聚拢在一起，她一定要活下去，回到大陆，回到组织的怀抱。

这样的想法一经冒出，她激动得浑身哆嗦起来，眼眶也禁不住潮湿了。她在被子里尽情地流着泪水。

就在这时，她又一次想到了姑姑。她知道台湾有自己的组织，但她无法取得联系，只能通过姑姑达到她的目的，她要回到大陆去，一刻也不想在这里待下去了。她和那些眷村的人不一样，她们只能待在那里，为自己的丈夫担心，时时刻刻想反攻大陆成功，然后光宗耀祖地回到大陆去。

也许只有姑姑能够帮助自己，就是姑姑不能帮助自己，也会在姑姑那里得到亲人的温暖和安慰。

她又一次牵着小天的手来到了位于“国防部”大院的家属院，敲响了姑姑家的小院门。姑姑白着一张脸，先是在门缝里张望了一下，然后才打开了院门。

姑姑一见到他们娘俩就哭了，一边哭一边数落着说：小晴呀，姑姑想家，在这里连个说话的人都没有。

姑姑真的想家了，她想长沙老家，也想生活了十几年的南京，那里有她的人脉和地气。她和姑父毕其一生的力量购买的房产和土地都留在了南京和长沙。现在什么都没有了。姑父的灵魂至今还飘荡在大陆的天空中，她只能一个人孤孤单单地蛰居在台湾的这个小院子里。

在这之前，她曾找到过毛人凤，她要让毛人凤把自己送回大陆去。

她一边抹眼泪一边说：我都要死了，就让我回去吧，看在你和我丈夫同事多年的面子上。

毛人凤面对姑姑的态度是真实的，他又何尝不想回家呢？然而面前的形势，只能让他唉声叹气。这种叹气，他只能面对着姑姑做得出来。

毛人凤一边叹气一边说：老姐姐，你的心情我理解，等咱们反攻大陆成功了，咱们都是功臣，到那时，就是我们回老家的日子。

姑姑人老了，心不老，眼睛还能洞察一切。她撇着嘴说：毛局长，咱们别欺骗自己了，在大陆时，国军有几百万军队，占据了大半个中国，可咱们都没有守住，还不是最后跑到了台湾？现在咱们还有多少军队？还有多少枪炮？凭着咱们现在的力量就能打败大陆，反攻成功？毛局长，你这话对别人说我不管，反正我不信。

姑姑说这话时，毛局长已经把办公室的门关上了。

毛局长面对着姑姑又能说什么呢？如果没有戴笠失事，他也许还是做着秘书主任的角色，他还是姑姑丈夫的同事。面对着遗老遗少，他只能选择劝慰。

毛人凤自然没权力也没能力安排姑姑回大陆，只能经常让手下人去安抚姑姑。姑姑对这一切并不领情，心情好时还好说，心情不好了，她能把去看她的人骂出来。渐渐地，看她的人少了，只把她当成了一块冥顽不化的石头。

此时的姑姑一见梁晴就哭了。她先是抱过小天，又拉过梁晴，上上下下地把梁晴看了，然后就把梁晴也抱在怀里，哭天抢地地说：小晴呀，在这里咱们就是最亲近的人了，你们都不来看我，我老了，无依无靠了。

梁晴看到姑姑这样，也哭了。姑姑是她父亲的妹妹，她们的身体里流着同样的血液，是这种血缘关系，让她们彼此有一种天然的亲近感。梁晴在姑姑的怀里是放松的。三口人哭过了，说够了，彼此孤独的情绪有了缓解。

梁晴觉得不能再隐瞒姑姑了，于是她拉过姑姑的手，望着姑姑说：姑，你知道我是什么人么？

姑姑怔怔地望着她，半晌才道：你是什么人？你是你爸的女儿，是秦天亮的媳妇，你还能是什么人？

梁晴说：姑，我不想隐瞒你了，瞒了你这么多年，请你原谅。

梁晴说到这里，看见姑姑仍一脸的疑惑之色。便说：姑，我是共产党的人，天亮也是。

让梁晴没想到的是，老太太既没有紧张，也没有吃惊，她铁嘴钢牙地说：

我不管你是什么人,我只知道你是我的亲人。

梁晴叫了一声姑,便趴在姑姑怀里,痛哭失声起来。

姑姑就摸着梁晴的头发,说道:小晴,不管你是什么人,姑姑只关心你,你是我的亲人,姑姑老了,身边应该有个亲人。从今天起,你就搬到姑姑这里来住,有姑姑在,没人敢拿你怎么样。

梁晴一边泪眼蒙眬地望着姑姑,一边抓住姑姑的手。她想的不是如何让别人保护,她要回到大陆去,投入组织的怀抱,在那里她才会感到真正的安全。

想到这里,她泪眼蒙眬地冲姑姑说:姑,你能想办法,让我们娘俩回大陆去么?

姑姑听了这话,她又抹开了眼泪。她摇着梁晴的手道:傻孩子,姑怎么会有那么大能耐,要是能回大陆去,姑早就回去了,姑一天也不想在这里待了。老家有那么多亲人,姑想他们呢!看来,我这个老太婆要客死他乡了,你姑父的在天之灵也会不安的。

梁晴知道这条路也断掉了。后来,她觉得自己真是昏了头,有些想法太幼稚,就是姑姑有那个能力,台湾方面又能让她回大陆去么?她现在是人质。想到人质,她的心又开始不安起来。她怕自己和孩子成为人质,秦天亮做出对不起组织,对不起人民的事来。她苦于无法和秦天亮取得联系。现在唯一的办法就是在台湾找到自己的组织,可组织又在哪里呢?

她下决心搬到姑姑这里来住。家是好搬的,从重庆飞台湾时,她只带了一个小包,只是几件临时的换洗衣服。到眷村后,一切也都是临时的,大多东西都是配发的。

她带着孩子回到眷村,很快便收拾好了东西。当她牵着小天的手从屋里走出来时,看到了倚门而立的张立华。

张立华不梳头不洗脸,一边倚着门口,一边嗑着瓜子,面前已经吐了一地的瓜子皮了。她看到梁晴带着孩子走出来，立马上前道：这是要去哪呀，莫不是回大陆去吧。

梁晴立住脚，就把去姑姑家住一段时间的事说了。

这时，许多家属们都走了出来，这些人有的是梁晴在南京就认识的，大部分是在重庆相见的，都是一些真正的家属。她们只能是嫁鸡随鸡，嫁狗随狗。现在她们成了无辜的守候者，她们的心里只有一个愿望，那就是和丈夫团聚。为了能和丈夫团聚，她们一次次去找“国防部”的人闹，可她们等来的仍然是等待，望眼欲穿的等待。

她们听说梁晴要从眷村里搬出去，都跑过来送行，有的叫着妹妹，有的叫着姐姐，一副生离死别的样子。她们挥着手，说着亲热的话，一步步把梁晴送远，手还在半空里举着。

张立华仍在喊：妹子，有空来玩呀，姐妹们想你。

梁晴就一步三回头地走了。

来到姑姑家之后，最高兴的就是姑姑了，姑姑终于盼来了能跟自己说话的人。第一天晚上，三口人挤在一张床上，姑姑说起了小时候，说到了长沙，又说到了南京，当然也说到了姑父。说到了那个短命鬼男人就这样把她扔下了，让她一个人孤孤单单地留在这个世界上。想起姑夫，姑姑不免又是一阵欷歔。

梁晴在姑姑的回忆中，也重温了一次自己的回忆。在长沙女子师范学院里，她和秦天亮第一次见面，到秦天亮成为她的入党介绍人，后来又一同打入敌人的内部……这一切都历历在目，那一段激情的岁月，恍若就发生在昨天。

梁晴搬到姑姑家的第二天，保密局就来了两个不速之客。他们虽然满面笑容，眼神里却写满了疑问和警觉。

梁晴知道这两人是冲自己来的。

姑姑很不高兴地对那两个人呵斥道:你们是什么人,给我出去!

来人不说什么,只是笑一笑,随手拿出个小本子问梁晴:你打算在这里住多久?

还没等梁晴说话,姑姑抢过话头说:想住多久就住多久,关你们什么事?

来人仍说:老太太,我们是奉上面的命令,我们得回去交差。

姑姑推着两个人:你们出去吧,我侄女是给我养老送终的。你们不要打扰我们的生活,回去跟你们毛局长说,有什么事来找我好了!

那两个人就讪讪笑着走了。

从那以后,经常会有一两个熟悉的面孔,在姑姑家门前转悠。

姑姑每次看到这样的人,都很响地把大门关上,然后冲梁晴和孩子说:别怕,只要有我在,他们不敢拿你们怎么样!

梁晴有一次冲姑姑说:姑,我不想给你添麻烦,我还是带着孩子回眷村住去吧。

姑姑说:以前我不知道你们的事,现在我知道了。这里好歹还有你一个姑姑在,姑姑就是拼了老命,也要保证你们的安全。

梁晴听了,一把抱住姑姑,哭了。她知道,关键时刻,姑姑并不能保证她们的安全,但姑姑的话,还是打动了她。

她迫切地要找到组织,可组织又在哪里呢?

天下姻缘

汪兰电台事件发生后，依据保密局的规定，汪兰的那部电台被收回保密局并被封存起来，没有了电台的汪兰，只能启用第二套方案和中央取得联系了。

汪兰知道第二套方案的联络方式，那是台北一家中药店，老板是个河北人。那天她来到这家中药店时，正是午后，阳光热热的。进门前汪兰买了一盒冷饮，她一边吃着冷饮一边走进店里，有个伙计招呼着她。

她说：你们老板在么？

伙计说：老板不在。

她说：我是老家来的人，要见你们老板。

汪兰说这话时，一脸的自然和平静。

伙计就上上下下地把她打量了一番，然后说：既然是老家来人，那我上楼看看去。

汪兰就坐在一旁，一边等着一边漫不经心地望着窗外。街上的人不多，三三两两地走过。可能是因为天热的关系，过往的行人都无精打采的。

少顷，楼上有了动静，伙计领着一个高大魁梧的人从楼上走了下来。

老板先是用闽南话讲了句：这位小姐找我么？

汪兰看了老板一眼道：我是老家来的人，不会讲客家话。

老板说：是表妹么？

汪兰道：我找二表哥。

老板说：找他有什么事？

汪兰道：老家人要买二两半夏。

闻听此话，老板就警惕地向四周看了看，而后冲汪兰点点头道：二表哥把半夏准备好了，你跟我上楼去拿吧。

接头暗号搞定了，汪兰随着老板走上楼来。两人刚走进一个房间，老板就把门关上了，接着，两双手就紧紧握在一起。老板激动地叫了一声：同志！

汪兰想说点什么，喉头哽咽了，她潮湿着双眼望着眼前这位高大魁伟的同志，心里涌荡着一种离家的孩子见到亲人的感觉。

老板接着说道：母后辛苦了！

母后是汪兰的代号。在汪兰没和他联系前，他并不知道母后是谁。他只知道，台湾来了位代号为母后的同志，一旦和他取得联系，母后便是他的上级。

老板放开汪兰的手，低声又兴奋地道：同志，有什么指示？

汪兰从衣袋的手包里取出一张小字条递给老板：这是台湾第三批派往大陆的特务名单，马上发到北京去。

老板瞄了一眼那张字条，点头说道：明白！

汪兰便从楼上走了下来。出门时，老板从伙计手里接过一小包中药，递到汪兰手里说：表妹，这是你要的药，请带好。

汪兰接过药，便头也不回地走了出去。

台湾"国防部"相继派往大陆的特务刚一露头便被逮捕了。他们同时在台湾上空捕获了一条非常神秘的电波，也破译了一部分电报内容，一个代号为"母后"的间谍已经潜进了台湾。

于是，一场捕获"母后"的行动便悄悄展开了。

在一天夜里，一支搜查队突然闯入了梁晴的姑姑家，他们翻箱倒柜，屋里屋外查了个遍，并没有发现他们想要的。

梁晴带着小天正住在姑姑家。姑姑不知这一切到底为了什么，气得当场就晕了过去。

搜查队最后又悄然离去了。

梁晴扶着姑姑吃了药，姑姑这才缓过来。缓过来的姑姑仍余怒未消，她一遍遍地骂道：没王法了，真没王法了，都查到我这里了，明天我就去找毛人凤说清楚。

梁晴望着姑姑说：姑，我还是带着孩子回眷村住吧，我想，可能是我们娘俩把他们引来的。

老太太跺着脚道：你们就住这，我看他们能把我怎么样，明天我一定要见毛人凤把这事问清楚。

姑姑第二天果然去找毛人凤了，却被秘书挡了驾。

姑姑在毛人凤办公室门前如何发了牢骚暂且不提。几乎同时，汪兰的宿舍在一天夜里也遭到了彻查，带队的就是保密处长郑桐。

汪兰的房门被敲开之后，一行人就侧身进来了，他们并不多说什么，便训练有素地开始翻找。

郑桐一脚门里一脚门外地站在那里。汪兰望着郑桐不明真相地说：处座，这是怎么了，查母后都查到自己人身上了。

郑桐顺手把汪兰拉出屋外，小声说道：我也没有办法，我这是在奉公行事。

汪兰抱着手，冷眼看着屋里的人在上蹿下跳地查找着。房间本来就不大，就里外两间，也没什么好查的。不一会儿，领头的就走出来，冲汪兰抱抱拳道：得罪了汪组长，我们也是奉命行事。

说完一行人便走了出去。郑桐走了两步，他停住脚，回望了一眼站在门口的汪兰。汪兰也在看他。他没说什么，转过头就走了。

汪兰第二天走进保密局时才知道，当天夜里许多人的宿舍都被搜查过了。他们在寻找电台，寻找和大陆联系的证据。

下班前，郑桐出现在了电台工作站。

汪兰见到郑桐并没有说话，她有些冷淡地看着郑桐。

郑桐过来小声地说：晚上有安排么？

汪兰没说有，也没说没有，就那么望着他。郑桐就笑一笑说：晚上七点我在湖边等你。

郑桐所说的湖边其实是一个公园，公园里面有一个湖，以前郑桐约汪兰去过那里。

汪兰没有说话，郑桐就笑一笑走了。

晚上，汪兰来到湖边时，郑桐已经站在那里了，他穿着便装，背湖而立。看到汪兰走过来，他扬起了一只手冲汪兰热情地打着招呼。

从内心里来说，汪兰对郑桐并不反感。她认为郑桐的身上有正气，人也不俗，也没有在保密局这个环境里染上什么恶习。如果单从一个女人看一个男人的角度来说，郑桐无疑是优秀的，也是讨女人芳心的那一种。在电台里，有几个报务员，她们也大都没恋爱结婚，没事的时候，也在不停地议论男人。在保密局这些未婚的男人里，她们议论最多的就是郑桐。在她们的言谈里，他已经成了她们梦中的白马王子。

郑桐每次来电台，总是少言寡语，从不和这些女报务员多说一句话。在她们眼里，他只有看到汪兰时才笑一笑，脸色也温柔起来。这些女孩子就开汪兰的玩笑。

她们说：组长，郑处长眼里只有你，他看见了你才会笑。

汪兰就说：不要乱讲。

她越是这么讲，那几个女孩子越开她的玩笑。在她们眼里，只有她们的汪组长才能配得上郑桐处长。于是，她们对郑桐只能是想一想了。甚至在她们的心里，汪兰和郑桐是最合适的一对恋人。

莫名的，汪兰见到郑桐时也有一种亲近感。上次电报事件，如果没有郑桐全力保护她，她真的就说不清楚了。在她的内心里，她感激郑桐，甚至心里还多少有了份依赖。

在保密局这些人中，郑桐是汪兰唯一可以说一些心里话的人。汪兰知道，如果不是因为自己的身份时刻警醒着自己，她说不定会轰轰烈烈地爱上他。

汪兰在这个傍晚，怀着平静，而又有几分愉悦的心情来到了湖边。

郑桐歪着头望着汪兰，这是一个男性对女人的注视。在郑桐的注视里，汪兰不免有些心跳，但随即她就冷静下来，不无怨言地道：你这样对我，不怕受连累么？

郑桐不解，问了句：什么？

汪兰直视着郑桐道：万一我是母后怎么办？

郑桐笑笑道：你别当真，保密局的事你还不清楚，一有风吹草动就怀疑一切。

汪兰又问：真的有母后？

郑桐望一眼四周，警觉地点点头：肯定有。他们望文生义，觉得母后一定会是女的，便在保密局内部对女性进行彻查。

汪兰望着郑桐又问：有线索了么？

郑桐摇摇头，但接着又说：虽然没有查明是谁，但可以肯定是我们内部的人。因为所有的核心机密，只有保密局知道。

汪兰又说：这些机密又不是我们保密局制定的，就不会是“国防部”其他的部门？

郑桐苦笑一下道：咱们不说这些了。也许哪天，他们说不定还会怀疑我。这湖边很静，咱们走一走吧。

两个人不远不近地向前走去。

走了几步，郑桐突然扭过头来问道：汪兰，你觉得我这人怎么样？

其实在这之前，郑桐已经问过她这样的话了。现在，她实在不想再和他绕圈子了。汪兰停下脚，郑桐也立住了。两人就那么对视着。

汪兰望着他的眼睛，认真地说：你很好，和保密局其他人不一样。正直，心地也善良，可是我不适合你。

郑桐有些吃惊地睁大眼睛道：为什么？咱们一起工作这么多年，我郑桐对你的心思你应该知道。据我所知，你没有男朋友。在大陆时，我吃不准。可到了台湾，我敢断定，你没有男朋友。

汪兰笑了一下：我是没有男朋友。

郑桐突然单腿跪在地上，很绅士地说：汪小姐，在今天晚上，有这湖水作证，我向你求婚，请你嫁给我。

汪兰惊恐地站在那里，她没想到郑桐会这样。也就在她愣神的工夫，郑桐从兜里掏出了一枚戒指，不由分说就戴在了她的手上。

汪兰看着自己的右手，又看着半跪在地上的郑桐，一时不知说什么好。半晌，她回过味来，便要去摘手上的戒指。郑桐拦住了她，哀求道：汪兰，不管你同不同意，这枚戒指都算是我送你的礼物。

汪兰还是把戒指摘下来，还给了郑桐。

郑桐一脸失望地慢慢站了起来。他直视着汪兰道：汪兰，在这里我们都没有亲人，让我们成为亲人吧，也许我们都会在这个岛上老去，让我们相互依存。

郑桐欲上前拥抱汪兰。

汪兰下意识地躲开了。此时，汪兰的心里有两种情绪在挣扎着。对一个女人来说，面对一个心仪的男人求爱，她幸福得心跳。然而，她的身份告诉她，她不能这么做，这违背组织原则。于是她只能含混地说：不，不能……

她在说这话时，不远处的树丛里突然什么东西“咔”地响了一下，好像是一截树枝被踩断了。突然的响声让汪兰浑身一紧，郑桐下意识地护住汪兰,冲树丛中喝了一声:什么人?

与此同时,他们听到了匆匆远去的脚步声,看到树丛在摇晃。

郑桐回过身来,无奈地冲汪兰摊开两手:我们没有清静的地方。

两人默默地朝回走去,一路上,两人再也没有说话。

汪兰清楚,自己无疑成了保密局的重点怀疑对象。就是她和郑桐在一起,也免不了让人怀疑。

“天下一号”具体什么内容她还没有摸清,组织上的任务还没有完成。她相信郑桐是知道底细的。今天晚上,她原本想来摸一摸郑桐的底细,没想到遇到了这样的意外。两人索性往回走了。

两人沉默着走回“国防部”的宿舍楼。当他们停在汪兰住处门口时,两人竟不约而同地立住了脚。在以往,郑桐立住脚步,就会说一声早点休息,然后看着汪兰独自走进去。

这次郑桐立住脚说:我能进去坐一会么?

汪兰没说什么,她在前面走着。郑桐犹豫一下,还是跟在了后面。

汪兰打开灯,回身问郑桐:是喝茶还是咖啡?

郑桐打量着汪兰的宿舍。虽然这不是他第一次进来了,但女人的私人空间,还是在深深地吸引着他。见汪兰这么问,他便说:随便。

汪兰就把一杯绿茶放在了他的面前,而后,在对面的一把椅子上坐下了。两人在静谧的夜晚对坐着,似乎还没有从刚才的意外事件中回过神来。

汪兰说:刚才的人是盯梢我的,难道他们连你也不相信么?

郑桐苦笑了笑。

汪兰又说:这些人跟踪自己的人挺有本事的,他们在大陆连“天下一号”的任务都完不成。

郑桐端起茶杯,看着茶杯里飘动的茶叶道:这个地方我真想离开,太压抑了。

汪兰见时机已到，便问了一句："天下一号""国防部"的人这么重视，到底是什么东西？

郑桐摇摇头道：刚开始我们也不知道，仅限于"国防部"的高层知道，在大陆这个任务一直执行不了，才让我们保密局插手。其实你们知道不知道也无所谓，多一事不如少一事。

郑桐这么说，汪兰就不好说什么了，但她知道郑桐一定知道。保密局所有的秘密文件都在郑桐那只保险箱里放着，哪怕只是一次机密会议记录。

郑桐抬起头来望着汪兰道：你知道他们为什么怀疑你么？

汪兰摇摇头。

郑桐说道：因为你到现在还是单身。他们对单身的人都在怀疑，因为他们知道共产党有纪律，是不能和其他人结婚的。

汪兰突然笑了：就为这个，那你也是单身，他们为什么不怀疑你？

郑桐说：他们当然也怀疑过我。在离开重庆时，听说咱们中间出现过共产党，把重庆和成都的军事布防图送出去了。那是一份假情报，就是想引蛇出洞的。

汪兰警觉起来：那个人后来抓到了么？

郑桐：好像又放了，这个人可能在为我们服务。

汪兰：这人是谁，是江水舟，还是都副站长，要么是秦天亮，还有朱铁……

郑桐摇了摇头道：具体的我也不知道，我也是最近才听说的，稽查处的人在专门负责。这事还是少知道为好，要是出点泄密的事就会被怀疑的。你知道的，在重庆时，我可是最大的怀疑对象。直到那个人被抓住，我才被洗刷清白，否则也不会让我护送文件来到这里。

汪兰抬起头做出很震惊的样子：他们既然怀疑我，就不该把我也带到台湾来。

郑桐摇晃着脑袋说：你是电报组组长，台湾也需要你这样的人才。如果你不来台湾,也许我现在会疯掉的。

郑桐大胆地直视着汪兰。

汪兰故意不看郑桐的眼睛,她转向了别处。郑桐突然把茶杯放下,伸出手捉住了汪兰的手,呼吸急促地叫了一声:汪兰……

说完他把汪兰拉到了近前。

汪兰的目光和郑桐的目光碰了一下,便倏地躲远了。

郑桐一不做二不休的样子,他突然抱住了汪兰,气喘着说:汪兰,我真的喜欢你,答应我吧,这辈子我都会对你好的。

汪兰挣扎着,惊恐万状地说:郑桐,你让我想想。

郑桐放开了她,咄咄逼人地望着她道:汪兰你还想什么,自从认识你那一天起,我就喜欢上了你,都好几年了,我是什么人你该了解我的。

汪兰摇着头。

郑桐望着汪兰,忽然吃惊地问道:莫非你真是共产党的人,因为你们的纪律?

汪兰的脸色一下子变白了,她怔怔地望着郑桐道:连你也这么说?

郑桐继续说道:要不然我找不出更好的解释。我们都是单身来到台湾的,我们结合在一起最合适。别指望我们回到大陆去了,这不可能了,一切都是没用的。

说完,郑桐沮丧地摇起头来。

汪兰眼里突然浸满了泪水,她低下头去。此时的汪兰情感是复杂的。

郑桐突然又掏出那枚戒指,举到汪兰面前道:请你接受我。

汪兰抬起头,含着泪说:你别逼我行么?我要好好想一想。

郑桐又默默地把那枚戒指收了起来,叹口气道:好吧,我会一直把它留给你的,一直到你同意为止。

郑桐说完慢慢地走了出去。

郑桐一离开，汪兰一下子就坐在了沙发上。看来她的个人问题，的确成了人们猜忌的重点。按常理，她这个年纪的女人，应该到了结婚的年龄。

她又想到了那个同学，她的初恋。这份初恋只在他们各自的心里存在过，也在他们的目光中交流过。此时的他又在哪里呢？她又想到了自己的现实。身在台湾的她，已经深入敌人的大后方了。她已经没路可退了，除非她离开台湾。

突然她又想到刚才从郑桐那里得来的秘密，保密局已经有人打入我们的内部了。她要把这份情报刻不容缓地传递出去。

第二天一大早，她又去了一趟中药店，出来的时候，她手里又提了一包中药。走进大楼时，碰到了郑桐，他关切地问道：你病了？

她低低地说：没事，就是有点咳嗽。

他说：多吃点水果。

两人说到这也就分开了，一个去了机要处，一个去了电台。

汪兰走了几步，回了一次头，看见郑桐也在看她，她冲郑桐笑了一下。

下午的时候，她去郑桐办公室送一份文件，门虚掩着，她敲了一下门。没人应，她就推门进来了。屋里果然没人，她把文件放在办公桌上，突然她看到了放在桌旁的保险柜。显然郑桐刚从保险柜里取过东西，钥匙还在上面插着。她望着插在保险柜上的那把钥匙，一个念头很快就在汪兰的脑子里产生了。紧接着，汪兰快步走到门口把门掩上，又反身来到保险柜旁，钥匙轻轻一拧，柜门就开了。保险柜里放满了各式各样的文件，从那些文件里，她一眼就看到了“天下一号”的字样。她的心狂乱地跳着。把那份文件抽出来后，快速地打开，匆匆浏览了一遍。不一会儿，走廊里传来了脚步声，她忙把那份文件放回原处，还没有关上保险柜的门，郑桐已经把门打开了。郑桐看见了汪兰，吃惊地望着她。

她忙把弯下去的腰抬起来，一条腿接着就把保险柜的门轻轻关上了。

郑桐说：是你？

汪兰紧张地说道：我来给你送文件。

说着，她顺手把放在桌上的文件拿了起来。郑桐没看那份文件。他走到保险柜旁，打开保险柜看了一眼，这才把柜子锁上，同时把钥匙拔了下来，盯着汪兰问：你找什么？

汪兰一时口吃起来，但她马上急中生智地说道：我来没见到你，我在找你给我的那枚戒指。

郑桐眼里突然闪出一抹亮色，惊喜地问道：汪兰，你想好了？

他快速地从衣袋里掏出那枚戒指，抓过汪兰的手给她戴上，一边戴一边说：我怎么会把它放在那里，我一直带在身上呢！你看，你戴上它真是好看。

汪兰冲他笑了一笑，举着手道：我会戴着它的。说完转身走了出去。

虽然只是在"天下一号"那份文件上匆匆地看了几眼，但那上面的内容汪兰还是记下来了。"天下一号"是一份文件，由重庆一号负责寻找。这样的情报已经足够了。

汪兰在答应接受郑桐的戒指之前已经去过了中药店，把自己的处境也已经汇报给了中药店的老板。

老板开门见山地说：北京方面让你离开保密局，由我负责把你送出台北。

汪兰想过这样的结果，但没想到这样的结果会来得这么快。

她紧张地问：然后呢？

老板说：由组织安排你潜藏一段时间，然后找机会把你送到香港，从那里回国。

回国的机会对她来说太有诱惑力了。自从到了台湾，她就一直想着要回国，每时每刻都在想。可真让她回国了，她又犹豫了。她知道自己的工作远没有结束，甚至说才刚刚开始。组织上这么决定，完全是因为自己的处境。

半晌，她盯着老板说：还有别的办法么？

老板望着汪兰，一字一顿地说：那就继续潜伏下去。

说到这，老板停了一下，又继续说道：组织上说，在这件事情上完全尊重你个人的意见。你要想回大陆，台湾的地下组织会不惜一切代价，全力保护好你。这是中央的命令。

汪兰真的不知如何是好了，她不能不犹豫和矛盾。她做潜伏工作，做到这种程度是组织苦心经营的结果。她的离开，意味着情报工作会面临着巨大损失。如果不离开，她的结果就是要和郑桐结婚，然后更深地埋在敌人内部，为党的情报工作做出更多。

她托着额头，一时没了主张。半晌，她抬起头来说：让我想一想，有了结果，我会告诉你的……

汪兰回到宿舍时，还在用钥匙开门，郑桐就从后面抱住了她。

他几乎把她推进了门里，灯都没开，郑桐就把她抱了起来。

郑桐说：今天晚上本想好好庆祝一下的，可回来就找不到你了，你去哪了？

汪兰说：我去外面走了走。

郑桐说：今天下午我已和同事们打过招呼了，下周日咱们就结婚。

汪兰吃惊地说：这么快！

郑桐这时才把灯打开，郑桐说：我都三十多了，你也二十多了，我们还等什么呢？

她只能对郑桐报以一笑。

郑桐离开后，她躺在床上陷入了深思，是走是留成了摆在她面前的两条路。

她突然想起了老板在她离开茶馆时的一句话：你要是走，我们也该撤出台北了。

直到这时她才意识到，中药店这个情报站是专门为她而设的，也就是说，她一旦撤出，中央在台北的眼线从此也就断了。

也就是从那时开始，她下定了最后的决心：留下！

当她把这一决定告诉中药店老板时，老板只说了一句话：那我们就和你一起继续战斗下去。

老板没用"工作"这个词，而是用了一个"战斗"。此时，汪兰觉得自己就是一个战士了。

周末的时候，郑桐和汪兰举行了婚礼。这是保密局到台湾后，差不多最大的喜事了。那天，保密局的人几乎都来了。毛人凤还讲了几句祝福的话。

汪兰的生命转折点也就此开始了，她迎来了她的新生活。

迷途

马部长接到北京那份绝密文件是在一天早晨，绝密文件包括两个内容：首先是“天下一号”，它只是遗落在大陆的一份绝密文件。

就是没有这样的消息，马部长也已经猜得八九不离十了。对这份文件，他并不感到震惊。

让他震惊的是第二条：我们队伍中有内鬼。

这份内鬼名单中秦天亮的名字赫然在列。

马部长拿着这份名单的手在抖，名单上那些人的名字，他一连看了三遍。他觉得事情并没有那么简单，事情重大，他要马上向军管会刘主任汇报。他拿着这份绝密情报，来到了刘主任办公室。

刘主任是军政治部主任，大军进城后成立了军管会，他便留下来当了主任。刘主任一直都在搞政治工作，什么大场面、疑难问题都经历过，刘主任就显得很老到，也很有经验。

当刘主任看完这份绝密情报之后，目光在镜片后望着马部长，盯了马部长半晌道：母后的情报很重要。谁是内鬼？

马部长也在望着刘主任，两个久经沙场的男人目光瞬间有了一个交流。

刘主任把目光落在那份名单上，拿起笔在秦天亮的名字上画了一个圈。

马部长说：依我对秦天亮的了解，他不太可能。在长沙时，我们就曾在一起工作过，他潜入敌人内部后，给我们传出了大量有价值的情报。如今我们胜利了，这些特工功不可没，当然也包括秦天亮。

马部长说到这，沉吟片刻又道：不过，我怀疑的一点是，他的夫人和孩子死得有些蹊跷。

刘主任的目光在镜片后闪了闪道：我们军管会大部分人都是从部队上过来的，绝对可靠，老马你要在公安局和其他部门查一查看有没有来历不清的人。另外，秦天亮的事，不能乱怀疑，他的夫人和孩子，我和北京通话，让母后在台湾帮助查一下，看看母后那里有没有什么线索。

马部长点点头道：我明白。

马部长回到办公室后不停地踱步，军管会的人和公安局的人每个人都在他脑子里过了一遍。军管会的人不用说了，公安局的人大都是部队转业的同志，当初筛选这些人时，他和刘主任都是一个个过的，政治上绝对可靠。

内鬼到底是谁？马部长盯着那份名单，最后他拿起笔，在老都和江水舟的名字下画了一道杠，这些人到了该水落石出的时候了。

马部长拿起电话接通了秦天亮的电话，不一会秦天亮来到了他的办公室。那份机密文件已经从他桌前收了起来。

马部长并没有急于进入主题，而是笑着冲秦天亮说：天亮，最近这几天还好吧？

秦天亮并不知道马部长指的是什么，便怔怔地望着他。秦天亮也知道，马部长把他叫到办公室不会就问他这个。

马部长见秦天亮一时没有反应过来，便呵呵笑着说：你和百荷的事进展得怎么样了？

秦天亮不自然地笑一笑道：部长，我看这事就算了。

马部长一下子严肃起来：天亮，百荷可是百里挑一的好同志，别看她是女同志，打起仗来，好多男同志都不如她。

秦天亮说：百荷的确是个好同志，是我……我配不上她。

马部长忙说：什么配不配的。现在全国都解放了，我们下一步的任务是建立新中国。我们先要把自己的小家建设好，才能建设好我们的大家。

秦天亮就不自然地说：这事以后再说吧。

马部长看了一眼秦天亮道：是不是还没忘记弟妹和孩子？

秦天亮突然不语了，他又一次真实地想起了梁晴和小天。

马部长又说：夫人和孩子是为革命牺牲的。一进城就忙，等有空带我去他们坟前吊唁一下。

秦天亮还想说什么，马部长从抽屉里拿出那份敌特潜伏名单，那上面的好多名字都已经被画了下去，只剩下几个人了。

马部长指着那几个人说：天亮，这几个人可都是重庆保密局的人，也是你的老相识了。现在只有这几个人成了漏网之鱼，你说说他们现在在哪里？

秦天亮望着那几个人的名字，欲言又止。

马部长不等秦天亮说话，便指着这几个人说：我知道，这些人训练有素，特工出身，反侦察能力很强，看样子他们潜伏得很深。

马部长说到这点燃了一支烟，吐口烟雾道：全中国都解放了，我就不相信这几个小虾小鱼还能跑了。

秦天亮略思片刻说：他们就在重庆，他们跑不远。

马部长看一眼那份名单，又看一眼秦天亮，认真地说：下一步，我们的工作重点，就是对付这几条小虾小鱼。

秦天亮应声答道：是！

马部长说到这，坐在椅子上，示意秦天亮也坐下来。

马部长突然压低声音说：天亮，我们内部可能有内鬼呢！

秦天亮倒吸了一口气。他神情紧张地盯着马部长。

马部长接着又问道：你说谁有可能是这样的内鬼？

秦天亮的目光躲开了，沉默半晌道：部长，你是不是在怀疑我？

马部长又点燃一支烟道：你？怎么可能！别人我不了解，天亮你可是我介绍入的党，是我一手发展起来的。

秦天亮站了起来：马部长有什么任务你就交代吧，我一定会完成好。

马部长笑笑说：我们眼前的当务之急，就是把那几条小虾小鱼抓到。对了，还有“天下一号”，一定要找到原件，这可是中央都关心的大案子。

秦天亮说：明白！部长，没事我走了。

秦天亮说完走了出去。马部长看着空空的房间，突然把烟头狠狠掐灭在烟缸里。

秦天亮回到自己的办公室里，他无论如何也坐不住了，他在办公室里来回踱着步子。刚才马部长的一席话，句句砸在了他的心里。他说不清马部长这是试探还是无意，总之，此时的秦天亮心乱如麻。

江水舟昨天晚上又找到了他，把那份藏有“天下一号”的图纸交给了他。图纸上的标记清晰明了，只要他走进办公楼地下室的二层，进门左手边墙上，往下数第五块方砖，从右数第三块方砖，里面就放着“天下一号”。

只要他走进地下室里，只需短短的几分钟，“天下一号”就会到他的手里。

江水舟望着他说道：秦天亮，我们知道你和我们不是一样的人。只要你把这件事完成好，你的老婆孩子，我们立马把他们送回来。然后，你走你的阳光道，我们过我们的独木桥。

秦天亮并没有接话，他在黑暗中沉思着。

江水舟又说：事成之后，我们还会对你有奖赏，你就是一辈子不工作也够你吃喝的了。如果你不想在大陆待下去，就和我们一起去台湾。

秦天亮从江水舟手里接过“天下一号”地图，坚定地说道：我是不可能和你们去什么台湾的！

江水舟笑笑道：这好办，我们尊重你的个人意愿。这次就权当我们在做一笔交易。交易完了，我们各走各的路。

秦天亮把那份地图收起来，一边揣在怀里一边说：我秦天亮就为你们干这一次，也是最后一次。

江水舟伸出手：君子一言。

秦天亮没有把手伸出来，转身走了。

他想早日解脱自己，这种煎熬他真的受够了。只要他老婆孩子能如愿地出现在他的面前，他会主动站出来找组织谈，他愿意接受组织对他的任何惩罚。现在最让他揪心的就是梁晴和孩子，他放心不下，也不可能放心。从情感上来说，他放不下他们；从责任上来说，他更放不下。

马部长看似漫不经心的谈话，一下子让他十分警觉。这条路是往前走还是就此打住，秦天亮犹豫起来。

门响了两声，王百荷推开门站在了她的面前。

王百荷望了他一眼，吃惊地问道：你怎么了？

我？

王百荷说：你的脸色怎么这么不好？

秦天亮苦笑了一下。

他面对着眼前的王百荷更是举步维艰。王百荷大胆而又火热地喜欢着他，他只能退却，他深知自己没有权利，也不配去喜欢王百荷。一些真实的话又不能对她说，他的心里便深深地遗憾着，愧疚着。他知道自己对不住王百荷，总有一天，水落石出之后，他要和王百荷说出一切。

王百荷越对他好，他的内心越挣扎，越难过。

王百荷话锋一转道：公安局刚才报告，他们发现了特务的一个联络点，就是老白果树茶馆，现在已经有人在秘密盯上了。

秦天亮望了眼王百荷，有些气喘地道：这事马部长知道么？

王百荷摇摇头道：还不知道，我刚接到公安局的电话。

秦天亮说：这么重要的事一定要向马部长汇报。

王百荷点点头道：明白！

说完，就走了出去。

老白果树茶馆就是昨天晚上他和江水舟见面的地方。

秦天亮一屁股坐在了椅子上。

落网

老白果树茶馆老板当场服毒自杀，几个伪装成伙计的小特务被抓到了。在小特务的招供下，江水舟的住宅被包围了。秦天亮和王百荷都参与了抓捕江水舟的行动。据情报显示，江水舟是潜伏在重庆的特务中的二号人物。江水舟不知是粗心大意，还是根本就没料到会有人来抓他，他的住处安静得就像没有人存在。

秦天亮站在江水舟的住处外面，死死地抓着手里的枪。此时，他的心绪是复杂的。他不知如何面对江水舟。每次接头都是江水舟来找他，他对江水舟又怕又恨，他不想见到他，可又得一次次面对他。在这之前，他几次想杀了江水舟。杀了江水舟很容易，可梁晴和孩子呢？他一次次把杀了他的想法掐死，又一次次复燃，他就在这种挣扎中煎熬着自己。

接到抓捕江水舟的命令时，他第一个想法就是击毙他，让他死在自己的枪下。根据以往抓特务的经验，凡是有点来头的特务，都不想束手就擒。他们大多采取自杀的方式，有的把自己一枪击毙，来不及的，用随身的毒药把自己毒死。

抓捕江水舟的计划是秘密制订的，先是两个便衣跟踪着江水舟，确信江水舟就在家里时，才派人秘密地把江水舟的住宅包围了，时间正是夜半时分。

十几个人的抓捕小组，严严密密地把江水舟的住宅围上了，别说一个江水舟，就是江水舟家里的一只苍蝇，恐怕也不太容易飞出去。为了保险起见，巷子外面的路口还安排了一些抓捕人员。马部长亲临现场指挥。

秦天亮和王百荷潜到了江水舟的窗前。他在谛听，屋里竟然一点动静也没有。江水舟的后窗也有两个战士在守着。

黑暗中，马部长突然低喝了一声：上！

秦天亮飞身踹开了前窗，同时他听到，后窗也碎裂了。

江水舟正在床上熟睡，他下意识地一个鲤鱼打挺坐了起来，顺势将手伸到了枕下，抓起了那把上膛的手枪。

这时，秦天亮手里的枪响了。

江水舟“呀”的一声大叫，手里的枪落在了地上。

从后窗扑入的两个战士随即就把床上的江水舟扑倒了。

江水舟的右手被秦天亮的子弹击中了，伤情并不严重，很快就被包扎了起来。灯光闪亮之后，江水舟的眼睛一直没有睁开，他就那么死死地闭着眼睛，一直到他被带出房间。

第二天审讯江水舟前，马部长找到了秦天亮：天亮，你来审问他。

秦天亮看着马部长。

马部长走了几步道：这个江水舟你最熟悉，你审问他最合适。

秦天亮呼吸有些急促地道：就我一个人么？

马部长说：让百荷做你的助手。

马部长说完便转身走了。此时的马部长心情有些沉重。依据母后的情报，我们内部确实有一颗敌人的钉子。他不希望这颗钉子就是秦天亮，秦天亮是他亲手安置到敌人内部的，他相信他，他为解放全中国曾做了那么多的事情。假如秦天亮真的是母后所说的那颗钉子，他真的不愿意相信，也不敢相信。

秦天亮对江水舟仍是又怕又恨，他既怕江水舟招出自己的实情，又怕江水舟什么也不说。如果江水舟帮助他水落石出，他会觉得这是一种解脱，他可以面对组织，把一切都说出来，包括“天下一号”那张地图。此时那张地图就放在他的家里。

同时他又不希望江水舟说出这一切，这样的话，他会觉得梁晴和孩子暂时是安全的。

直到到了审讯室，秦天亮仍然在走神。在江水舟没被带来前，王百荷用肘捅了他一下：想什么呢？他一惊，看了王百荷一眼。

王百荷说：你好像有什么心事？

他冲王百荷笑了一下。

两个战士押着江水舟走了进来，江水舟右手臂上缠着纱布，他坐在秦天亮和王百荷对面的椅子上。进门后，他看了眼秦天亮，甚至还微笑了一下，然后就闭上了眼睛。

秦天亮下意识地看了眼王百荷，王百荷也正在望他。秦天亮下意识地坐直了身子，轻拍了一下桌子道：江水舟，你把眼睛睁开。

江水舟就像没有听见一样，眼睛仍然闭着。

王百荷大喝一声：你这狗特务，让你睁开眼睛你没听见么？

江水舟被吓得一愣，果然睁开了眼睛，他陌生地望着王百荷。

王百荷道：把你知道的秘密都说出来，也许你还有条生路，否则，面对你的只有死路一条。

江水舟心如死灰地望眼天棚，少顷，他又把眼睛闭上了。

王百荷见状，忽地站了起来，却被秦天亮及时拉了一下，王百荷这才清醒过来。

秦天亮冲站在门口的两个警卫战士问了一声：有烟么？

一个战士从兜里掏出一盒烟递给秦天亮。秦天亮绕过桌子走到江水舟面前，把一支烟放到江水舟的嘴上，江水舟没有拒绝。秦天亮把烟给江水舟点燃。江水舟狠狠地吸了一口烟，睁开眼睛直视着秦天亮道：你那一枪应该把我打死。

秦天亮不动声色地回到座位上坐下来：江水舟，你交代吧，把你知道的一切都说出来。

江水舟狠狠地看了眼秦天亮。在江水舟这种毒毒的目光中，秦天亮目光不易察觉地避开了。

江水舟几乎平静地问道：你们想知道什么？

秦天亮怔了一下。

王百荷却接口说道：你们潜伏在重庆的特务组织，还有你们下一步的破坏计划。

江水舟笑了笑，把烟头扔在脚下，用力地踝了踝。

秦天亮看着眼前的江水舟，心里有种说不出来的滋味。

这时，江水舟突然抬起头来说：秦天亮，看在咱们曾经同事一场的分上，把你的枪拿出来，往这给我一枪。

他用左手指了一下自己的头。

王百荷掏出了自己的枪，“哗啦”一声推上了子弹，枪口对准了江水舟。此时的秦天亮多么希望王百荷真的一枪把江水舟击毙在自己的面前，这个让他又恨又怕又厌恶的家伙也算是了结了。但他还是下意识地阻止了一下王百荷。

王百荷狠狠地把枪拍在桌子上。

江水舟睁开眼睛笑笑道：你怎么不把我打死？我死了也算是为党国效忠了。

说完这话，他又看了一眼秦天亮。

秦天亮说：江水舟你不说也可以，我们总有办法知道的。

江水舟又笑了笑，话里有话地说：秦天亮，我干了我的事，你该干你的事了。咱们井水不犯河水。我死是一种解脱，你活着也是一种解脱。

秦天亮当然知道江水舟这句话所指的是什么，“天下一号”的地图就在他的手里。江水舟和老都惦记的也正是这个，拿到“天下一号”他们就要远走高飞了。组织上也知道“天下一号”的存在，马部长也许此时正在地下室里研究“天下一号”。

王百荷喝问道：“天下一号”是怎么回事？

江水舟闭着眼睛，轻轻地说道：不知道！

说完这句话，江水舟就再也不说话了，一副任杀任剐的样子。

这次审问的结果自然是一无所获，这是秦天亮意料之中的事情，也在意料之外。

当他和王百荷向马部长汇报时，马部长只是笑一笑说：有些事我们早晚都会知道的。

似乎这一切都在马部长的掌控之中。

从马部长办公室里出来，王百荷一直跟在秦天亮的后面。

王百荷说：为什么这段时间你一直躲着我？

秦天亮没有说话，快步地向前走去。自从上次两人来到马部长家里做了回客，两人的关系似乎就僵住了，不知为什么，秦天亮总是在有意地回避着王百荷。王百荷也一直在暗中观察着秦天亮，两人似乎在玩一场猫捉老鼠的游戏。

两人一前一后地从军管会的院子里走出来。在一棵树下，秦天亮突然停下了，他冲王百荷说：百荷，我知道你的心思，可我配不上你。

王百荷吃惊地望着秦天亮，半晌才道：天亮，我对你可是真心的，难道就是因为我没有文化？

秦天亮苦笑一下：百荷，你是优秀的，但你还是不了解我。如果你真正了解我了，也许我就不适合你了。

王百荷的眼里突然蓄满了泪水，她很复杂地望了一眼秦天亮，扭头便向远处跑去了。

秦天亮望着远去的王百荷，他扇自己耳光的心都有。他知道自己是没权利去接受这份爱的。他想象不出，事情真相大白之后，她会用一种什么眼神来看他，也不知道，她会用一种什么态度来对待他。

秦天亮收回目光，摇了摇头，沉重地向家里走去。

半夜时候，秦天亮醒了，他似乎听到有人在轻声敲门。他坐了起来，披衣打开了灯，走到外间，猛然发现门缝里塞着一张字条。他走过去，看了那张字条，那上面写着一句话：江已被抓，暂时是安全的。你抓紧行动，我们各自都尽快解脱。秦天亮一眼就认出这是老都的笔迹。

秦天亮看着这张字条，无力地坐在沙发上。

惨白的灯光下，秦天亮把手伸到头发里，何去何从到了最后时刻。

是反戈一击，还是这么顺从下去？秦天亮在这个夜晚煎熬着自己。

汪兰

因为汪兰的结婚，周围的人对她的警惕和戒备一下子松弛下来。局长毛人凤参加了他们的婚礼，并在婚礼上讲了话。他端着酒杯向两位新人敬酒，说了些花好月圆的话，也讲了为党国尽忠的责任。虽然毛局长最后还是匆匆地走了，但毛人凤能参加这场婚礼，一下子让郑桐和汪兰的婚礼高调了起来。

婚礼结束之后，剩下的就是两个人的空间了，新房内，郑桐变戏法似的在厨房里端出两杯红酒，两人在餐桌前坐了下来，中间点燃了一支红蜡烛。窗外，月明星稀。

郑桐痴情地望着汪兰。汪兰被眼前的气氛陶醉了，她托着发红发热的两腮。在放松下来的那一刻，她觉得眼前这一切是那么美好。

郑桐举起酒杯，她也举了起来。郑桐幸福地说：汪兰，但愿这一切不是梦，都是真实的。

汪兰目光幽幽地望着郑桐。

郑桐伸出另一只手捉住了汪兰：我们真的能白头偕老么？

汪兰笑了一下问：为什么要说这些？

郑桐抓着汪兰的手用了些力气：我真的担心你有一天会从我身边消失。

汪兰收起目光，低头看着郑桐伸过来的手，瞬间想起了自己的初恋。那天在校园分手时，恋人也是这样死死抓住她的手，目光留恋而又复杂地望着她。

当时他们说的是：等革命胜利时见。

是他先说的，然后是她衷心的祝愿。十几秒之后，他放开了她的手，转过身挺着男人的胸膛向前走去。十几步时，他回了一次头，笑容是灿烂的，目光是迷蒙的，此后他再也没有回头。再后来，她听说他去了解放战场，再以后就没了音讯。

初恋如此真切如此美好地又一次闪现在她的记忆里，这是她在和自己的初恋做最后的告别。

她望着眼前的郑桐。理智告诉她，郑桐是个优秀的男人，对她的爱是真实可信的。在嫁给他之前，她也千百次地想过，如果自己的身份暴露，郑桐会如何对她。如果仅仅是为了各自的政治立场，她不会嫁给他。在这种特殊环境里，仅有立场是不够的，她相信，自己对郑桐是爱着的。抛开身份和立场，她首先是人，有情有义，甚至有欲望。她无意评判郑桐和自己初恋的那个男人孰优孰劣，初恋对她来说只是一种经历。在重庆时，郑桐已经对她热情地表示过这种爱意，但对她来说，这一切都是不可能的，甚至有些不可思议。那时她放弃了自己女人的身份，强调的是政治立场，然而现在，她不仅留意着自己的立场，在这种特殊的环境下，正常的生活是对自己最大的保护。

在结婚前，组织的意见有两种，一种是撤出，另一种是坚守，撤出和坚守让她自己去选择，最后她选择了坚守。为党的利益和事业，也为了自己的情爱，她都选择了后者。

她作出这种决定之后，也曾暗自问过自己，自己的选择是不是牺牲，牺牲意味着痛苦也意味着幸福。显然，她此时说不上是痛苦，那就是另外一种幸福了。

婚后郑桐的责任感似乎比以前更加突出了。每天下班之后，保密局没有特殊任务，他都会准时回到家里。有时汪兰没有回来，他便下厨做饭，汪兰回来的时候，一桌饭菜已经满屋飘香了。

吃饭时，两人有意无意地会讨论一下时局，正在进行的那场朝鲜战争，大陆那边的局势，以及现在的台湾和保密局。

有一次，汪兰不经意地说了一句：我看台湾也长久不了，早晚得姓共，你们国民党的精力都用在钩心斗角上了。

汪兰说完这话时，突然意识到自己说走了嘴，她小心地望着郑桐。

郑桐看了她一眼，马上从惊怔转为平常，笑一笑道：吃饭，莫谈政治，我对那个也不关心。

汪兰认真地看了眼郑桐。郑桐放下碗后，莫名其妙地说了一句：不论什么时候，你都是我的妻子，我是你的丈夫。

有天晚上，汪兰去中药店和老板碰头，回来时路上下起了雨，汪兰没有带雨具，她开始在路上奔跑起来。郑桐突然从街角里走了出来，手里举着一把伞。汪兰怔了一下，郑桐随即就扳过她的肩，走在了一把雨伞下。

汪兰扬了扬手里的药包道：最近几天嗓子疼，我开了点药。

郑桐什么也没说，扳着汪兰肩的手用了些力气。

回到家里，汪兰找出了中药锅准备熬药，水都放上了，药也泡上了。不料，郑桐走过来把药倒掉了。

汪兰讶异地看着郑桐。

郑桐笑笑说：这点小病用不着吃药，药吃多了对身体不好。

后来，郑桐为汪兰熬了一碗红糖姜汤。

汪兰望着郑桐想说什么，最后又什么也没说，一口气把那碗姜汤喝了下去。

汪兰接到了组织让了解梁晴的任务，她不知道组织为什么要了解梁晴。

梁晴对她来说只是认识，说不上熟悉。在重庆时，他们都住在一个楼里，进进出出的偶尔能碰上，也就是点点头而已。她知道，梁晴是秦天亮的夫人，他们有一个孩子叫小天。

她对秦天亮的熟悉程度，要远远大于对梁晴的了解。在重庆保密局他们曾经是同事，秦天亮是从南京来的，据说有后台，这个后台自然是毛局长。梁晴的姑父是毛人凤的同事，后来随戴笠出关不幸殉职，毛人凤这个秘书主任随即便接替了戴局长的职务。在保密局，毛人凤自然是说一不二的人物。

因为有毛局长这层特殊关系，秦天亮在保密局很吃得开，不能说是呼风唤雨，但也是八面玲珑。

秦天亮为人也算谦和，逢人不是笑就是点头。有人曾一度风传身为科长的秦天亮是副站长的有力竞争者。后来重庆被解放了，自然也不了了之了。

汪兰在那份潜伏名单里曾设想过好多人选，她没设想过秦天亮会留下。在第一批名单里，果然没有出现秦天亮的名字。但不久，第二批名单中却出现了秦天亮的名字。几乎大部分重庆保密局的人，都出现在了这份名单中。

这些保密局的家属们到“国防部”来闹事，她们要自己的丈夫，她曾经看到过她们哭天抢地的样子。身为女人，她同情过她们。

后来她听说梁晴曾经自杀未遂，为什么自杀她不得而知。她也曾探究过梁晴的自杀动因：丈夫出事了？她坚守不住了？她丧失了信心？

原因种种，似乎都有道理，但她毕竟不是当事人。

后来她曾得知，保密局派出过稽侦人员盯防过梁晴。那时她曾吃惊过，对保密局的家属，用得着稽侦处的人么？后来这事过去也就过去了。

再后来，她听说梁晴搬到自己的姑姑家去住了，便暗自为梁晴母子松了一口气。

随着保密局潜伏在大陆的人相继落网，电台的呼号一个个被取消了。刚来台湾时，电台呼号多如牛毛，电台二十四小时不停歇地联络着。现在电台呼号的消失也证明一个又一个联络点落网了。

这些生活在眷村的家属们并不知道真相，她们在等在盼，期望自己的丈夫有一天会从天而降，或者是幻想有一天反攻大陆成功，她们和自己的丈夫团聚。

她们痴情的样子，让汪兰心动。

偶尔，汪兰办事路过眷村，她都会被这些家属们围住，她们一声又一声地叫着汪组长，打听着她们丈夫的信息。

汪兰又能说什么呢？她只能笑笑说：你们的丈夫都好，放心吧。

或者说：他们执行完任务就快回来了。

当离开眷村，离开这些家属们时，汪兰的心里都要难过上一阵子。她们无疑成了牺牲品。

汪兰出现在梁晴的姑姑家时，梁晴正在院子里教孩子认字，梁晴在地上用树枝写字，小天在读。

梁晴说：我们的国家。

小天一字一字跟着念。

汪兰走进院门时，梁晴眼睛亮了一下，但随即又暗淡下来。

梁晴叫了一声：汪兰，汪组长有事？

汪兰走过去，亲昵地抱起了小天。

梁晴马上说：叫阿姨。

小天就乖乖地叫了一声。

汪兰抱着小天坐了下来，冲梁晴说道：我路过这里，看见你们娘俩在，就进来看看。

梁晴不易察觉地叹了口气。

汪兰捕捉到了这一点，于是问道：嫂子最近还好吧！

在重庆时，她就这么一直称呼这些家属们。

梁晴苦涩地笑一笑，把目光投向远处，那里正飞过几只鸟，梁晴似自言自语地说道：你看它们飞得多高哇——

汪兰也把目光投过去，片刻之后，她又把目光扯回来，放在梁晴的脸上道:嫂子,天亮有消息么?

梁晴看了眼汪兰,反问道:你知道他的消息?

汪兰摇摇头道:我就是个小小的电报组组长。这事我管不着,上面也不会跟我们说。

梁晴说:你都不知道我怎么知道?说完拉起小天的手,头也不回地走进了屋里。

汪兰有些尴尬地站在院子里,这时,她听见梁晴的姑姑问:晴呀,外面是谁呀?

梁晴应道:一个保密局的熟人。

又听见姑姑说:以前在南京时,咱们家的门槛都要被来人踩平了。现在,没人来了。

汪兰从梁晴的姑姑家走出来。对梁晴的心情她能够理解。梁晴和所有眷村的家属一样。

可是组织为何偏偏要让自己了解梁晴?在刚接到这项任务时她就曾这么问过自己。现在这种疑问又在她的大脑里冒了出来。想到这,她下意识地回望了一眼梁晴的姑姑家。看见梁晴又走出院子,此时正目送她走远。

反戈

秦天亮最后一次见到江水舟是在看守所内。那天，他到看守所检查工作，路过江水舟看押室时，看见江水舟正盘腿坐在地上，面朝着外面。他看见江水舟时，脚步迟疑了一下，也就在这时，江水舟叫了他一声：秦天亮。

秦天亮的脚步停了下来，他倒退一步望着江水舟。

江水舟冲秦天亮笑了笑。屋内光线很暗，江水舟笑的时候，洁白的牙齿特别显眼。江水舟就在看押室内冲秦天亮招了招手。江水舟说：秦天亮你进来，我有话对你说。

秦天亮有些犹豫。江水舟就说：秦天亮你怕了？我可是被抓起来的人。

秦天亮叫来警卫战士，打开了关押室的门站在门口。因为他站在门口，屋里的光线更暗了。

江水舟就问：有烟么？

秦天亮从兜里掏出烟和火一同递了过去，江水舟吸了一口烟，很是受用，他眯着眼睛说：秦天亮你坐下，你站在那里我堵得慌。

秦天亮就坐在了门口的空地上。

江水舟一连吸了几口烟。

秦天亮回头看了一眼，警卫就立在门口。他说：江水舟有什么话你就说吧，要是你想交代问题，咱们到审讯室里去说。

江水舟把烟掐了，又点燃了一支，把眯着的眼睛睁开了。他笑了笑道：我江水舟既然跟了党国，就不干背叛党国的事，人你们抓到了，任杀任剐随你们的便。我只想单独跟你说几句话。

秦天亮望着江水舟，不知他在卖什么关子，但江水舟的话却很扎耳，他突然感到自己的心跳加快，脸也有些热了。

江水舟说：秦天亮，我很佩服你潜伏的才能，这么多年你得到了不少共产党想要的情报，否则党国也不会这么快就失败了。

秦天亮望着江水舟，他有了想掐死眼前这个人的冲动。他现在恨他们，他想把他们统统消灭。

江水舟又说：秦天亮，我知道你特别恨我，恨我们，但又怕我们。

秦天亮望着江水舟的目光似乎要喷出火来。

江水舟一支接一支地吸着烟：在保密局时，咱们的关系相处得还算不错，我没得罪过你，你也没得罪过我，咱们在一起生活了有一年多吧。

秦天亮说：你就想说这些么？

江水舟一笑：我的老婆孩子现在在台湾呢，你们不是想解放台湾么？我怕是没有机会看到他们了。天亮，要是你还有机会见到他们，你代我向他们说一声，说我江水舟对不住他们。

江水舟说这话时，声音有些哽咽了，眼里还闪出了泪光。

江水舟摇了摇头道：这辈子我没做过对不起人的事，要说对不起就是他们娘俩了，也怪他们投错了胎。

秦天亮站了起来，欲推门离去。

江水舟见状，忙站起身子奔过来，拉住秦天亮的衣袖，几乎是乞求般地说道：天亮，你答应我。

秦天亮冷冷地望着他说道：如果你把你们的秘密都招了，政策你是知道的，也许你还有一线生机。

江水舟叹了口气：人活这辈子就是活个良心，我江水舟没什么了不起的，党国也不缺我这个小人物。我知道的那点秘密，关乎不了什么。但我得替他们娘俩着想，我就是想让他们在台湾过得平静些，不要因为我连累他们。天亮，我求你了，要是有一天你见到他们娘俩就给我带一句话。

秦天亮推开门走了出去，他示意警卫把门锁上。那把大锁“咔”的一声在他身后落下了。外面刺眼的强光让他一下子适应不过来，他下意识地用手挡了一下眼睛，就听到江水舟仍在背后喊着：天亮，求求你了——

秦天亮快步地向外走去，他心里想，梁晴和小天成了人质，江水舟他们的家属又何尝不是人质呢？意识到这一点，他竟有了同病相怜的感觉。

第二天一早，秦天亮一上班，就听王百荷报告了一个消息：昨天夜里，江水舟在看守所里咬舌自杀了。

他听到这个消息时，竟然没有感到特别吃惊。似乎在他的意识里，江水舟就该是这个下场，这个下场对他来说，应该是最好的归宿了。

也就在这时，秦天亮突然一下又想到了地下室的那个秘密。该是时候了，他想，这是他最后的谜底。

秦天亮看了一眼王百荷，叫了一声：百荷，走，跟我去一趟地下室。

王百荷不解地望着他，吃惊地说道：你怎么忘了？要去地下室得马部长同意。

自从挖地道事件以后，地下室便作为重地被重点警戒起来。军管会的规定是，凡是出入地下室的人，都需经马部长同意。

秦天亮果断地说道：你听我的，这件事我负责和他解释，就算我违反了一次规定。

见秦天亮这样说，王百荷便没再说什么，随着秦天亮来到了军管会的地下室。

那张地图在秦天亮的脑子里已经烂熟于心了，他进了门，在左手边的墙下站住了。接着，他很快找到了墙面上的那块砖。这块墙砖和周围的砖并没有什么两样。当他伸出手用指关节去敲这块砖时，里面传来空空的响声。随后，他又找来一把槌子，三下两下就把那块砖敲破了。里面放着一个漆盒，他就把它小心地拿了出来。漆盒上有密码，他调了一组数字，盒子打开了，那份文件便呈现在他的面前。

他在做这一切时，王百荷一直吃惊地望着他。

秦天亮看到了那份文件，很快就把那个盒子扣上了。他甚至有些激动地长吁了一口气，扭过头来，冲王百荷笑了笑。

王百荷眼睛一亮，问道：这就是"天下一号"？

他点了点头。

两个人走出地下室后，秦天亮便径直向马部长办公室走去。

马部长正在看一份密件。密件是从北京发来的。里边的内容是关于梁晴的。这是母后从台湾发到北京的电报，也是马部长请中央协助调查的结果。

对这份密件上的内容，马部长有些不太敢相信自己的眼睛。原来梁晴和小天在台湾生活得好好的，而此前，秦天亮却说他们已经不在了。马部长有些疑惑地又找出秦天亮交给组织的那张照片。照片中一大一小两个人只有背影，那个女人只有一个三分之一的侧脸。梁晴他是熟悉的，从年龄和体形上看，眼前这个女人的确和梁晴很相似。

马部长把照片放下，他站了起来，在屋里踱着步子。他要和秦天亮谈一次，他在设想谈话的方式和情节。

可就在这时，秦天亮来了。秦天亮在门外喊了一声：报告！

马部长听到了秦天亮的声音，便走到办公桌前，随手把那份密件合上放进了抽屉里，这才说了一声：进来。

秦天亮手里托着那只漆盒走进来，马部长有些怔然地望着站在面前的秦天亮。

秦天亮上前一步把那个漆盒打开，取出了那份文件，冲马部长说道：部长，这就是“天下一号”。

马部长把那份文件从秦天亮的手里接过来，快速地看了几眼，接着又把文件合上，审视地看着秦天亮。

秦天亮出了口长气道：我要向组织交代一切。

马部长也长出了一口气。

接下来的事情一切都真相大白了。

根据秦天亮提供的情况，军管会意识到，重庆地区的反特工作该到收网的时候了。可以利用“天下一号”引蛇出洞，一举端掉重庆的特务组织。

引蛇出洞的任务自然要由秦天亮来完成。

说出一切的秦天亮突然感到从来没有过的轻松，他又恢复到了以前的样子。

谈话那天，马部长就把这份谈话内容和梁晴的事向中央作了汇报，请求中央要全力以赴保证梁晴同志的安全。

茶馆接头地点被端后，老都一下子警觉起来。江水舟的落网，无疑又让老都失去了左膀右臂。后来，他就把接头地点改在了一座寺庙里。任何人和他联系，他都不会亲自出面。在寺庙的第二个香炉下面，他会放一张字条，通过字条把信息传递出去。

秦天亮在第二个香炉下埋了张字条：“天下一号”已到手。

老都的信息很快传了回来：第二天傍晚在后山见面。

得到这一消息后，马部长就在后山安排下了天罗地网。

秦天亮准时出现在了后山那两棵柿子树下。周围很静，天色也渐渐暗了下来。

突然一颗小石子飞了过来，打在了秦天亮脚下的地上。

接着，老都的声音也跟着传了过来：天亮，把东西放在地上，你就可以走了。

秦天亮下意识地把盒子放下，慢慢向前走去。

他的任务是活捉老都，不要让老都出现意外。活捉老都对重庆反特的收网关系重大。

他走了几步，又走了几步，一闪身隐进一棵树后。这时间，他看到一个人影从不远处的树丛里跳出来，直奔盒子而去。

那人刚拿起盒子，秦天亮已经踅身赶到了。他一下子扑过去，把那个人压倒在身下，等那人"哎哟"一声惊叫时，秦天亮才意识到，来人并不是老都。他不禁犹豫了一下，那人趁机挣脱了他，从怀里掏出一把匕首，捅到了秦天亮的胸上。而后，抱起那个盒子便向草丛中跑去。

秦天亮拔出枪，冲那人打了一枪。

周围立时便枪声大作起来。

老都也留了一手，他把今天晚上的行动定为"起义"。为了"天下一号"的安全，他调动了潜伏在重庆周边的特务作为接应，同时也联合了空投到重庆郊外的台湾特务，有二十几人，分成了几个接应小组。老都把这次行动当成了最后的较量，他不给自己留退路了。他已经想好了，等拿到这份文件就直奔台湾，这个功劳还可以让他有资本撤回台湾去。

秦天亮是否反水，他说不清，但他还是留了一手。他只是爬在一棵树上向秦天亮喊话，而让他的替身冒险去取那个盒子。

马部长安排的接应人员在外围，听到枪声，他们收缩了包围圈。

老都看到了冲过来的人，他知道自己是在劫难逃了，便索性从树上跳下来，指挥着接应小组和马部长的人展开了枪战。

秦天亮奔跑了几步，他只感到胸前一热，顿时天旋地转地倒了下来。

当王百荷跑到他身边时，他的血已经把身下的草丛染红了。

王百荷抱住他，不停地大叫道：天亮，秦天亮——

秦天亮用尽了最后的力气睁开了眼睛，他朝王百荷看了一眼，笑了一下，用气若游丝的声音说道：百荷，我对不起你——

王百荷一下子哭了起来，她一边哭一边说：天亮，你要坚持住，我背你下山。

王百荷一用力就把秦天亮背在了身上。

她感到自己的后背很温很热，她一边奔跑一边呼唤着：天亮，你坚持住。

身后的山野上，传来一片激战的枪声。

最后的结果是，老都一伙全部被歼。老都负隅顽抗，最后被击毙，还有两个特务被活捉。

秦天亮因失血过多，在王百荷送他去医院的路上，牺牲了。

在路上

汪兰接到了转移梁晴母子的任务。

从接手了解梁晴到转移梁晴，汪兰意识到梁晴是自己人。依此逻辑推断，秦天亮也会是自己人，关于秦天亮的点滴记忆又一次浮现在她的眼前。

来到台湾后那份腹背受敌的孤独感，一时间便烟消云散了。

她和梁晴见面并不困难，现在的梁晴并没有被严格地监视，也没有被限制出入。但她还是要秘密行动。

一天下班时，汪兰照例在菜市场买了些菜，提着菜从“国防部”家属院前经过，看见小天和一群孩子在玩一只皮球。其实那只皮球主要是几个大孩子在玩，小天只是站在一旁怯怯地看着。

汪兰走了过去，蹲在了小天面前。她先是拿出一块糖递给小天，小天不敢去接，汪兰便把那块糖装进了小天的衣袋里，顺手把那张写好的字条也放了进去。

汪兰望着小天说道：小天，听阿姨的话，把你兜里的东西交给妈妈。

说完，她拍了拍小天的后背，小天就很听话地转身向院子里跑去了。

那张字条上写的是今晚的见面地点和时间。

梁晴看到了那张字条。她的手在抖，眼圈红了。盼望多时的组织终于现身了。身在异乡的人，多么盼望这种招呼呢，她苦苦地等，终于等来了这一天。

她哽咽着问小天：是谁给你的？

小天答：是个阿姨。

这时的梁晴怔在那里，她脑海里快速地运转着，一个女人，是自己的同志，会是谁呢？她心脏快速地跳动着，几乎窒息。她想象不出是什么人，但这个自己人，明明存在着，就在自己的身边。长时间的孤独感，一下子就消失了，她不是一个人在坚持，她的周围还有自己的同志。她迫切地想见到这个人，不论是谁，她有了倾诉的渴望，有许许多多的话要倾诉。此时的她，仿佛又回到了解放前的重庆，她和秦天亮共同完成一次又一次组织交给他们的任务，危险但充满了幸福。那是一段多么激情的岁月呀。

小天望着恍怔中的梁晴：妈妈，我可以吃么？

清醒过来的梁晴，颤抖着手把糖纸剥开，放到小天的嘴里。她突然泪如雨下，她再也无法控制自己的情感了。

小天睖睁地看着梁晴，不解地问道：妈妈，你怎么哭了？

梁晴把孩子抱在怀里，问道：小天，这糖甜么？

小天点点头。

汪兰约梁晴见面的地点是台北的一家夜市。这个夜市离她们的居住地方并不远，很红火。五十年代初的台湾人，白天干自己的工作，晚上就到这个夜市里来摆摊，从针头线脑到家具，什么都有。不论是台湾土著还是生活在眷村的人，都愿意来这里交易。

汪兰选择这家夜市和梁晴见面就水到渠成了。

汪兰换上了便装，挎着小包，准时出现在夜市里。她一边看着东西，一边在悄悄打量着。终于，在远远的人群中，她看见了梁晴。梁晴似乎精心打扮了一番，也许是心情问题，看上去比平时年轻干练了许多。

汪兰朝梁晴走过去。梁晴也看到了汪兰，便朝她点点头，就要走过去。可是，当两个人擦肩而过时，汪兰却突然问了一句：老家的信收到了么？

梁晴停下脚，看着汪兰回答道：信还在路上。

汪兰又说:路上风大雨多,还得等些时候。

梁晴说:我会等的。

这是他们的接头暗号。从大陆那会,地下工作的人就有几套接头暗号,不同时间不同地点,可以使用不同的暗号。不管哪套暗语对上了,都是自己的同志。每个地下工作者对这种暗号都会烂熟于心。

说到这里,汪兰低声对梁晴道:跟我来,别朝后看。于是便率先走去了,梁晴紧紧跟在她的后面,直到来到一个馄饨摊前停下了,汪兰冲老板喊道:来两碗。

汪兰和梁晴坐在了一张小桌前。周围都是卖小吃的摊位,他们操着南腔北调叫卖着,这些老板有许多是从大陆过来的,当时就是这么起家的。

梁晴望着汪兰,汪兰她是认识的,在重庆时,他们就住在一个楼里,每天低头不见抬头见的。那时汪兰在她眼里是保密局重庆站的电报组组长,还有,汪兰是个漂亮女人。汪兰自然也认识她,每次见面,汪兰都会称她为“秦太太”,她称呼汪兰要么是“汪小姐”,要么就是“汪组长”,这种打招呼纯属于一种礼节,说过了也就说过了,然后两人会擦身而过,各忙各的去了。然而眼前的汪兰已经不是彼时的汪兰了,她是自己的同志,就在台湾,就在身边。她看着汪兰有种想哭的感觉,千言万语涌到嗓子眼里一句话也说不出来。她知道此时也不是自己和汪兰倾诉的时候,她们此时是在工作。多年地下生活练就了梁晴的素质,很快她平静下来。她哽着声音叫了一声:汪同志……

汪兰自然也很激动,那种激动转瞬间就变成了平静,即便在这里,也不是说家常的时候。

汪兰看了眼四周。

梁晴望着汪兰,目光中露着急切和兴奋。

汪兰也望着梁晴,说道:组织上安排你和孩子尽快回大陆。

梁晴点点头,按着胸口,一时激动起来,小声说道:我早就盼着这一天了。

汪兰朝她笑笑，说道：具体时间和方式等我安排好了会通知你。

梁晴又把头点了点：好，我等着。

这时，两碗馄饨已经做好了，老板热情地端了上来。

汪兰朝梁晴示意道：吃吧。

两个便埋下头去。汪兰头也不抬，问道：当时为什么要来这里？

梁晴说道：当时，我和天亮被捕了，后来他们又把我们放了。然后就来到这里，没时间和组织联系。

汪兰喝了一口汤，接着问道：天亮那里还好么？

梁晴抬起头来，摇了摇，眼睛一下子有些湿润了。

顿了顿，汪兰说道：看来敌人想利用天亮，你们得抓紧回去。

梁晴捂住胸口，声音都有些颤抖了：我担心的就是这个，可在这里联系不上组织。

汪兰朝她点点头：看来我们得抓紧了。

说完，汪兰把一张钞票放到桌子上，站起身来。

往回走的路上，梁晴突然停了下来，问道：汪兰，我能抱一抱你么？

汪兰也停下脚，朝她笑笑，点了点头。

一霎之间，梁晴感到有一股暖流开始在身体里涌淌起来。她就那么朝汪兰靠了过去，张开两臂紧紧地抱了她一下，眼睛湿润着说道：我会想念你们的。

汪兰拍了拍梁晴有些单薄的后背，不无担心地说道：保重！

说完，两人便分头走进了热闹的夜市里，又很快被人群淹没了。

姑姑提出要和梁晴去高雄的眷村看望一下老乡，为此，“国防部”给她派了一辆吉普车。

车是一大早从“国防部”家属院开出去的。可是深夜的时候，司机却一个人回来了。据司机向上司报告说，在去高雄的路上，车和人被一伙人打劫了。他被绑在了一棵树上，好在后来有一个人路过，才把他从那棵树上解下来。

“国防部”的车被打劫也不算什么稀奇，五十年代初期的台湾，社会动荡，人心惶惶，劫匪遍地都是。好在这次被劫的，就是一辆车和三个人。

“国防部”为此动用了一些力量来调查此事。后来，他们在山沟里发现了那辆侧翻的吉普车，可是人却没有了。

这个案子一时成了谜。

“国防部”保密局最后把这件事压了下来。家丑不可外扬，时间一长也就不了了之了。

一天夜里，汪兰从外面回来，她轻手轻脚地开了灯，却一下看见郑桐正衣冠楚楚地坐在沙发上。

汪兰不觉吃了一惊，望着郑桐问道：你怎么还没睡？

郑桐站起身，有点不快地说道：你不回来，我怎么能睡着。

汪兰笑了一下。她心里知道，郑桐一直都在牵挂着自己。

此时，她看到郑桐正用一种担忧的目光望着她，于是淡淡地笑了笑，问道：为什么这么看我？

郑桐望着她的眼睛，轻轻说道：我真是怕你出事。

汪兰便追问道：我会出什么事？

郑桐接口说道：你自己知道。

汪兰脱下来的衣服掉在了地上。她就那么怔怔地望着郑桐，半晌。

郑桐投过来的目光一下子包围了汪兰，汪兰脸上的笑意正一点点消退下去。

略思片刻，汪兰平静地说道：郑桐，你现在可以把我交出去。

郑桐笑了。他一边笑着一边说道：你是我老婆，我还能把你交给谁？

汪兰闭了一下眼睛，接着又问道：你到底什么时候知道的？

郑桐不假思索地回道：从你因为电台被抓那天，我就怀疑你。后来你在我办公室里又动了我的保险柜，我就得到了验证。

汪兰坐了下来，给自己倒了杯水，也给郑桐的茶杯里续满了水。

汪兰望着郑桐，久久才说：那，你为什么还要娶我？

郑桐没有回答，他就那么久久地望着汪兰，笑了一下，最后靠在沙发上。

汪兰望着冒着热气的水杯，慢慢抬起眼睛。

郑桐望着汪兰那双眼睛，半晌说道：我只希望你别离开我，不要从我的生活中消失。

汪兰端着水杯，长时间地凝视着郑桐。

（京）新登字083号

图书在版编目（CIP）数据

地上地下之大陆小岛/石钟山著. —北京：中国青年出版社，2011.6

ISBN 978-7-5006-9948-4

Ⅰ.①地… Ⅱ.①石… Ⅲ.①间谍小说—中国—当代 Ⅳ.①I247.5

中国版本图书馆CIP数据核字（2011）第086116号

责任编辑 曾玉立 董晓磊

装帧设计 张 清

出版发行 中国青年出版社

社址 北京东四12条21号 邮政编码：100708

网址 www.cyp.com.cn

门市部 010-57350370

编辑部 010-57350402

印刷 三河市华润印刷有限公司

经销 新华书店

规格 700×1000 1/16

印张 12.5

插页 2

字数 200千字

版次 2011年6月北京第1版

印次 2011年6月河北第1次印刷

定价 22.00元